俄罗斯，那片文化沃土

任光宣 / 著

U0362526

北京大学出版社

PEKING UNIVERSITY PRESS

图书在版编目 (CIP) 数据

俄罗斯，那片文化沃土 / 任光宣著 . —北京：北京大学出版社，2018.1
ISBN 978-7-301-29082-8

Ⅰ.① 俄…　Ⅱ.① 任…　Ⅲ.① 散文集—中国—当代　Ⅳ.① I267

中国版本图书馆 CIP 数据核字 (2017) 第 328583 号

书　　　　名	俄罗斯，那片文化沃土	
	ELUOSI, NA PIAN WENHUA WOTU	
著作责任者	任光宣　著	
责 任 编 辑	李　哲	
标 准 书 号	ISBN 978-7-301-29082-8	
出 版 发 行	北京大学出版社	
地　　　　址	北京市海淀区成府路 205 号　　100871	
网　　　　址	http://www.pup.cn　　　新浪微博：@ 北京大学出版社	
电 子 信 箱	pup_russian@163.com	
电　　　　话	邮购部 62752015　发行部 62750672　编辑部 62759634	
印 　刷 　者	北京大学印刷厂	
经 销 者	新华书店	
	720 毫米 ×1020 毫米　16 开本　13.75 印张　200 千字	
	2018 年 1 月第 1 版　2018 年 1 月第 1 次印刷	
定　　　　价	58.00 元	

写在前面

　　俄罗斯幅员广大，资源丰富，在近千年的历史发展中创造了灿烂辉煌的文化。俄罗斯文化以其丰富的精神内涵和独特的文化品位屹立于世界文化之林，并成为世界文明的一个重要的组成部分。

　　10年前，我撰写的《俄罗斯文化十五讲》，讲述了俄罗斯文化发展的历史沿革及一些重要的历史人物和事件，但俄罗斯文化博大精深，丰富多彩，并非一本书的介绍所能穷尽，很有必要从各方面继续深入介绍。

　　作者最近几年常住俄罗斯，在俄罗斯本土感受并触摸到俄罗斯文化的各种个案，作者还与一些俄罗斯文化名人有近距离的交往，这启发作者把自己的所见所闻记下来。因此，作者撷取一座古城、一个庄园、一座博物馆、一幢故居、一个人物、一首歌曲、一幅绘画……以艺海拾贝的形式走进俄罗斯文化的大海，领略俄罗斯文化的风采和魅力。

　　本书的文章短小零碎，属于掠影，但内容丰富，涉及面广，作者试图对俄罗斯文化个案进行"魅讲"。书中的不少俄罗斯文化个案在中国系首次介绍，涉及的一些人物及其故事情节为独家所有。

　　如今，随着中俄战略协作伙伴关系的稳步纵深前进和两国睦邻友好关系的深入发展，愈来愈多的国人，尤其是青年人和大中学生对俄罗斯文化产生了日益增强的兴趣。因此，我希望这本书能满足青年人和大学生了解俄罗斯文化的一些需求。我相信对俄罗斯文化的个案较为详细的解读，会引起广大读者的兴趣。

　　此书出版之际，我向北京大学出版社以及张冰女士和李哲先生表示深深的感谢！离开他们的支持这本书不可能问世。

任光宣

2016 年 11 月 25 日于莫斯科

目录

第一篇

名人故居

圣山（普希金山）行

——造访普希金故居米哈伊洛夫斯科耶

　　2012 年 8 月 18 日，我与几位友人从莫斯科开车去米哈伊洛夫斯科耶村，造访了"俄罗斯诗歌的太阳"亚历山大·谢尔盖耶维奇·普希金的故居，实现了我"朝圣"的愿望。

　　米哈伊洛夫斯科耶村位于俄罗斯的普斯科夫州，距普斯科夫城东南 120 公里。如今，米哈伊洛夫斯科耶风景秀丽，但在 18 世纪之前却是一块僻壤，是诗人普希金用自己的诗歌让米哈伊洛夫斯科耶村成为举世闻名的圣地。

　　普希金的一生与米哈伊洛夫斯科耶村有着不解之缘。普希金出生几个月就被父母带到这里让外祖父看看新生的外孙。此后，普希金曾经先后 5 次到过米哈伊洛夫

米哈伊洛夫斯科耶全景

普希金之墓

斯科耶村。在 1824—1826 年间，普希金在这里度过了两年半的流放生活。1837 年，普希金与丹特士决斗受伤身亡，1837 年 2 月 3 日深夜，他的灵柩在生前好友 A. 屠格涅夫、H. 科兹洛夫和一名宪兵护送下秘密离开彼得堡，于 2 月 5 日傍晚运到了圣山。2 月 6 日黎明时分，普希金下葬于圣山修道院的安息大教堂墙脚下，与自己的母亲及其他亲人长眠在一起，找到了自己最后的归宿。

　　鉴于米哈伊洛夫斯科耶村以及圣山等地与普希金的生平创作活动密切相关及其在俄罗斯文化历史上的重要地位，苏联政府在 1925 年 5 月 25 日把圣山改名为普希金山。如今，普希金山已变成国立普希金文化历史博物馆，成为俄罗斯重点的文物保护区。

　　我们的汽车按照路标向圣山方向开去的时候，突然看见在一棵大树前，有一行醒目的俄文"普希金山"（ПУШКИНСКИЕ ГОРЫ）刻在半圆形的水泥矮墙上。看来，我们就要进入圣山界内了。马路两旁茂密的树木、碧绿的草地、怒放的野花、放晴的天空、被雨水净化的空气……构成一幅典型的俄罗斯田园风光，令人心旷神怡！圣山啊，圣山！正因有了诗圣普希金，这里才变成一块圣地，引来数以万计的人来"朝圣"！

　　普希金山国立文化历史博物馆保护区主要包括米哈伊洛夫斯科耶庄园、特里戈尔斯科耶庄园、彼得罗夫斯科耶庄园、布格罗沃庄园、普希金村和磨坊博物馆等景点。

　　我们的参观是从米哈伊洛夫斯科耶开始的，因为这是普希金当年的流放地，也是最主要的景点。米哈伊洛夫斯科耶最早是其曾外祖父汉尼拔将军的封地。汉尼拔是非洲黑人，少年时即被土耳其王作为礼物送给了彼得大帝。彼得大帝十分喜欢这

普希金山

普希金奶娘的屋子

个黑人小孩，当了他的教父，并且精心培养，最后把汉尼拔培养成为一位出色的将军。汉尼拔支持彼得大帝的改革事业并且为俄罗斯帝国立下了汗马功劳。因此，彼得大帝的女儿伊丽莎白女皇登基后，把普斯科夫州的米哈伊洛夫斯科耶这片土地赐给了汉尼拔。此后，汉尼拔家族就在此地繁衍生息，孕育出了"俄罗斯的诗圣"普希金。

在这里两年多的流放岁月，尽管普希金心灵孤独、精神压抑，但这正是普希金创作的黄金时期。他在这段时间里创作了包括诗体小说《叶甫盖尼·奥涅金》的主要章节、历史剧《鲍里斯·戈都诺夫》、四部小悲剧、长诗《茨冈》《冬天的晚上》《我记得那美妙的一瞬》和《假如生活欺骗了你》等上百部佳作名篇。

写到普希金的流放生活，我们不能不提到几位俄罗斯女性。

首先，是普希金的奶娘阿琳娜。奶娘阿琳娜不仅照顾他的生活，给予他关爱和温暖，而且给他讲了许多俄罗斯的民间故事，让他接触了普通的俄罗斯劳动者。因此，普希金称她是"自己青年时代的女伴"，乐于把自己的作品读给她听。可以想象，假如没有奶娘阿琳娜，普希金在米哈伊洛夫斯科耶的流放生活将完全是另一幅样子！

其次，就是安娜·凯恩。凯恩是位俄罗斯美女，普希金早在1819年就与她在彼得堡相识。凯恩的天仙般的容貌令普希金折服，以至于普希金后来"在那无望的忧愁的折磨中，/在那喧闹的浮华生活的困扰中"，耳边还长久地响着她那温柔的声音，在睡梦中还看到她那可爱的倩影。然而，普希金由于撰写了《致恰达耶夫》《乡村》和《自由颂》三首公民诗激怒了沙皇，他先是被流放到南方高加索一带，后来又转到米哈伊洛夫斯科耶，在穷乡僻壤，在囚禁的阴暗生活中过着"没有神灵，没有灵感，

特里戈尔斯科耶庄园

没有眼泪，没有生命，也没有爱情”的生活。

　　可普希金万万没有料到，有一天他在相邻的特里戈尔斯科耶村的女地主奥希波娃家，突然见到了安娜·凯恩。这令他感慨万分，写下那首不朽的诗作《致 A. 凯恩》：

> 我记得那美妙的瞬间：
> 你出现在我的面前，
> 好像转瞬即逝的幻影，
> 犹如纯洁至美的精灵。

　　这次会见让诗人重新获得了诗的灵感、激情和生活的信心，“有了生命，有了眼泪，也有了爱情。”

　　第三位女性，就是特里戈尔斯科耶的女地主普拉斯科维娅·奥希波娃。奥希波娃是个女地主，但她受过良好的教育，思想开通，喜欢文学，与许多作家有过通信。奥希波娃还有自己的家庭图书馆，不但藏有俄罗斯经典作家的作品，而且还有 19 世纪初德国哲学家叔本华、英国诗人莎士比亚、瑞士心理学家荣格以及法国的卢梭等其他思想家的著作。奥希波娃赏识普希金的才华，同情流放诗人普希金的遭遇，愿意分担他的痛苦和不幸。因此，普希金经常在傍晚骑马从米哈伊洛夫斯科耶村去她家做客。普希金视奥希波娃为密友和良好的谈伴，喜欢把自己内心的秘密告诉她。普希金曾经在给奥希波娃的一封信中写道："您的来信像您对我的关心那样，令我感动，让我狂喜。我不知道自己未来的命运如何，但是我知道我对您的感情将永世不变。"后来，普希金没来得及向奥希波娃告别就离开了米哈伊洛夫斯科耶。但他在心中永远铭记着奥希波娃，奥希波娃、她的庄园以及她的儿女都成为诗体小说《叶甫盖尼·奥涅金》的人物原型。

1837 年初彼得堡郊外黑溪村的一声枪响结束了诗人普希金年轻的生命。仿佛是上天有灵，要让普希金和奥希波娃这两位好友在诗人入土前再见一面。1837 年 2 月 5 日傍晚，普希金的灵柩在运往圣山的路上，由于护送人屠格涅夫迷路，灵柩先运到了奥希波娃居住的特里戈尔斯科耶。奥希波娃最后看了普希金一眼，这给了奥希波娃与普希金下葬之前一次告别的机会。之后，奥希波娃在纸条上画了一张详细的"导航图"，屠格涅夫一行才把普希金的灵柩运到了圣山。

普希金流放生涯于 1826 年 8 月结束，他再度来到米哈伊洛夫斯科耶已经是 10 年之后了。

1835 年，普希金为躲避彼得堡闹市的喧嚣和上层社会的浮华，再次来到米哈伊尔洛夫斯科耶。诗人旧地重游，可人去楼空，他触景生情，感慨万千。于是，他写下了那首著名的诗作《我又重新造访》：

> ……我又重新造访了
> 大地上那个角落，我曾在那里
> 不知不觉地度过两年的流放时光。
> …………
> 这是谪居的那个小屋，
> 我与可怜的奶娘曾在里面居住。
> 老妈妈如今已经作古——
> 我在隔壁已听不到她那滞重的脚步，
> 也不再感觉到她那无微不至的呵护。

普希金再也见不到自己的奶娘，10 年的岁月留给他的回忆和感受颇多。但诗人没有停留在对往事的回忆和人生的感叹中，而是去思考人生和世间万物更替的永恒规律，欢迎新一代人的成长。

这是一首充满多么深邃哲理的诗作！难怪在俄罗斯文学评论界一直认为这是普希金的精神遗嘱呢！

米哈伊洛夫斯科耶位于索洛茨河畔的高坡上，南面是个花园，西面接着一片草地，东面有一大块林中空地。

庄园建筑由正房，东西两侧的厢房组成。西侧是普希金奶娘的住房和浴室，东侧是厨房。正房面前是一个树坛，中间有一棵上百年树龄的老榆树（据说，是普希金的儿子所栽），四周环绕着 26 棵椴树，构成了圆形的树坛。

普希金 1824 年 8 月 9 日流放到这里的时候，这座 18 世纪末的建筑已是个"破旧的茅舍"。诗人将之称为"我家庭的简朴住所"，由前厅、奶娘的房间、诗人父母的房间、客厅、餐厅和诗人的书房组成。由于这个庄园建筑曾经几次被大火烧毁，因此，如今的建筑只有地基是普希金外祖父当年修建的，其他均在 1949 年根据普希金时代的样子重建的。"茅舍"前厅不大，不到 10 平方米，摆设也很普通：几把椅子，一个牌桌，一个箱子，墙上挂着几幅画。引人瞩目的牌桌上摆的那个玩具炮，那是 1831 年制作的，在地底下埋了上百年，1954 年才从米哈伊洛夫斯科耶花园的地下挖出来重见天日。墙上有一张石版画，印着庄园建筑当年的格局。也许多亏有了这张石版画，让建筑师 H. 雅科夫列夫和 Л. 罗日诺夫才有了重新设计"茅舍"的依据。

奶娘的房间比较大，有 20 平方米左右。普希金的奶娘阿琳娜不但在这里居住（当有客人来的时候，她住到侧面的厢房），自己缝纫编织，而且召集村姑们来与她一起编织手工活儿。如今，在屋里的一架编织机上，陈列着当年米哈伊洛夫斯科耶和邻村特里戈尔斯科耶的村姑们的编织"作品"。在这个房间里，普希金听奶娘给他讲俄罗斯民间故事，普希金从奶娘的故事里汲取了素材和灵感，创作了一系列的童话诗。当然，普希金在这个房间里也把自己的作品朗诵给奶娘听。

父母的房间在这个建筑的北半部分，窗户面对着缓缓流入库查涅湖的索罗茨河。由于诗人的父母只有夏天来这里避暑，因此房间里的家具不多，书橱、桌子和梳妆台靠墙摆着，屋子中间显得空旷。普希金在这里创作的部分作品如今摆在书橱里，主要有《被烧毁的信》《渴望荣誉》《克列奥帕特拉》《茨冈》和《鲍里斯·戈都诺夫》等。墙上有几幅 18 世纪末的意大利版画，还有普希金父母、姐姐和弟弟的画像。

他们的客厅并不大，但光线充足，尤其有一扇门面对着阳台。当然，客厅墙上也少不了绘画作品的装饰，既有淑女的肖像，也有普希金的表外公和叔叔等人的画像。若站在阳台上，能够把索罗茨河静静流淌的河水、无际的草场、天边的林海、河岸的风车和浩瀚的天空尽收眼底。对于普希金来说，这个客厅还有一个用处：那就是不速之客造访的时候，他便可以从这个后门"逃之夭夭"。

餐厅与俄罗斯其他贵族庄园的餐厅没有什么大的差别，餐具基本上是 19 世纪初的风格，银质和铜质的托盘、高脚酒杯、咖啡壶等。唯一令人感到新鲜的是，这里摆着一张很罕见的红木多腿圆形餐桌。墙上挂着 19 世纪著名肖像画家基普林斯基给

普希金屋前的老树

普希金的住宅

普希金屋后的旷野

普希金画的肖像（当然这是复制品，因为原作藏于莫斯科的特列季亚科夫画廊）。此外，在餐厅墙上还挂着普希金的几位同时代人肖像。其中有他在皇村中学的同班好友 A.杰里维格和 И.普欣，也有与他过从甚密的十二月党人领袖 A.丘赫尔伯凯，还有成为沙皇政府外交大臣的 B.戈尔恰科夫。

　　普希金的卧室靠墙角摆着一张带帐子的单人床。这也是普希金的书房，红木书桌和红木椅子就是诗人在这里创作了上百个作品的见证；这也是诗人的会客室，这里他接待了自己的好友杰里维格、普欣、伍尔夫等人；这里还是普希金的私人藏书之地，在桌上摆着普希金的诗集、格里鲍耶多夫的《智慧的痛苦》等书，在书橱里还有杰尔查文、茹科夫斯基、卡拉姆津以及莎士比亚等文豪的作品。书籍是这个房间的唯一财富，也是普希金喜爱书的见证。普希金给自己的亲人和朋友写信，总要向他们索要书籍，他在这里收到的每一个邮件几乎都是书。

　　在普希金的书房里有三件东西尤为珍贵：一是墙上挂的19世纪著名诗人茹科夫斯基的肖像画及其下面"失败的老师赠给胜利的学生"的题词；二是安娜·凯恩的脚凳。据说，那是安娜·凯恩的孙子赠给普希金故居博物馆的，以见证凯恩与普希金的交往和友谊；三是普希金的那根铁手杖。普希金年纪轻轻，可他出门总要手提那根手杖，许多人感到不解。原来，普希金早已预料到自己未来坎坷的命运。因此他拿这个沉甸甸的铁手杖锻炼臂力，以防今后有用。确实，普希金锻炼的臂力在后来的决斗中派上了用场。

米哈伊洛夫斯科耶庄园的花园占地9公顷，法国园林的风格，园内主要是松树和云杉。

普希金在《乡村》一诗里，曾经满怀深情地赞美这个花园：

> 我爱你，这个幽深的花园，
> 爱你清爽的气息和群芳竞妍，
> 爱这片沁人心扉禾堆垛满的牧场，
> 清澈的小溪在灌木丛中哗哗流淌。
> 我眼前到处是一幅幅动感的画面：
> 我看到两个平静如镜的碧蓝湖面，
> 湖面上渔夫的白帆不时地闪现，
> 湖后是起伏的山岗和阡陌纵横的农田，
> 远处，还有农家的茅舍星星点点，
> 在湿润的湖岸放牧着一片片畜群，
> 烘干房轻烟袅袅，磨坊依稀可见；
> 一派富庶和劳作的景象到处呈现……

然而，诗人普希金并没有仅仅陶醉在大自然的美景之中，他看到了俄罗斯劳动人民的苦难，在这里，"野蛮的贵族老爷""丧失情感，无视法律，看不到眼泪，/听不到抱怨，只知挥舞强制的皮鞭，/他们掠夺农奴的劳动，财富和时间。在这里，赢弱的农奴躬着背扶别人的耕犁，/沿着黑心肠的地主的犁沟蠕蠕而动，/屈服于皮鞭。/在这里，所有的人一辈子拖着重轭，/心里不敢萌生任何希望和欲念，/在这里，妙龄的少女如花绽放，/却供恶霸无情的蹂躏和摧残。/日渐衰老的父亲们心疼的命根子，/那年轻力壮的儿子，那劳动的伙伴，/自然，要去替补农奴主家的/受折磨的奴仆，丢开自己的家园。"

因此，普希金感叹地大声疾呼：

> 朋友们啊！我能否看见——
> 人民不再受压，皇恩令农奴制崩陷，
> 灿烂的霞光最终能否升在——
> 一个文明自由的祖国的蓝天？

普希金雕像

　　一个 20 多岁的贵族青年普希金，在沙皇专制的农奴制时代能忧国忧民，看到下层劳动者的疾苦，并且写出这样诗句，这需要多么大的胆量和勇气，又是多么难能可贵！仅此一点，普希金就值得俄罗斯人民的热爱和敬仰！的确，普希金虽然去世 200 多年，但俄罗斯人民没有忘记他，世界人民也没有忘记这位伟大的俄罗斯诗人。这点诗人在生前已经预料到了：

　　　　我的名声将传遍整个伟大的俄罗斯，
　　　　它的每个居民，都会叫出我的名字，
　　　　无论是高傲的斯拉夫人子孙、芬兰人，
　　　　和如今还是粗野的通古斯人
　　　　以及草原上的朋友——卡尔梅克人。

　　在离开米哈伊洛夫斯科耶庄园时，我走在菩提树林荫道上，看着身边的一草一木，望着远处的汉尼拔池塘、教堂的钟楼、凯恩林荫道的亭子、"幽静岛"和夕阳下磨坊风车的剪影，这眼前一幅幅美轮美奂的画面，真让人流连忘返，同时又不由地想起普希金的诗句：

　　　　我向你表示致敬，偏僻荒凉的角落，
　　　　你这宁静、劳作和灵感的栖息之所，
　　　　沉湎在幸福和遗忘的怀抱中，
　　　　我的岁月似无形的小溪潺潺流过……

（2012 年 8 月 26 日）

梅利霍沃，一个美丽的角落

　　契诃夫是我十分喜爱的俄罗斯作家之一。上中学时就学过他的短篇小说《小公务员之死》，作家寥寥数笔就把那个社会地位低下，却一心想往上爬的小公务员形象塑造得栩栩如生，给我留下了深刻的印象，之后，随着读了更多的他的作品，我便爱上这位会讲故事、语言简洁的俄罗斯作家，这也许是我对梅利霍沃的契诃夫故居庄园情有独钟的原因。

　　梅里霍沃距莫斯科城南 90 公里，风景秀丽，空气清新。19 世纪 80 年代，契诃夫厌倦了莫斯科的城市喧嚣，向往置身于大自然之中。"如果我是个搞文学的，我就需要走到人们中去……身居面徒四壁的屋内，远离大自然，与人民隔绝……这不叫做生活。"1892 年，他买下了梅利霍沃的一处庄园，买到手的庄园已年久失修，一幅败落景象。契诃夫成为庄园主人后，开始重建庄园。他开辟了果园，挖了人工池塘，从国外购买花木种子，亲自培栽并精心护理，还给园林的花草编目，使之成为一个简朴大方、适宜人居的庄园。

　　坦率地说，梅利霍沃的契诃夫故居庄园既没有亚斯纳雅·波良纳的列·托尔斯泰故居那样的规模，也没有米哈伊洛夫斯科耶的普希金故居那样恢宏，从占地面积看还不及扎拉伊斯克的陀思妥耶夫斯基故居，甚至也不能与康斯坦丁诺沃村的叶赛宁故居相比，可却以它朴实无华的景致和自然风光的魅力吸引着各方的游客。如今，它不但是个出色的俄罗斯文化名胜，而且也让小小的梅利霍沃村扬名世界。

　　契诃夫故居庄园博物馆的每一个房屋，每一件展品（二万五千多件）都是对作家生平创作的回忆，每一条小路，每个长凳，都留下作家的足迹。契诃夫在这里（1892-1899）度过了自己人生的最好年华，创作了包括剧本《海鸥》和《万尼亚舅舅》，中短篇小说《套中人》《第六号病室》《约内奇》《带阁楼的房子》《我的一生》《黑

梅利霍沃的契诃夫雕像

修士》《关于爱情》《醋栗》等共 42 部作品。这些作品成为俄罗斯文学的经典并丰富了世界文学的宝库。

　　走进契诃夫故居庄园，首先跳入眼帘的是坐落在花坛中央的契诃夫全身雕像。契诃夫身穿西服，左手插入裤兜，右手抚摸着胸口，左腿笔直，右腿踮起脚尖交叉左腿前，一副悠然自得的样子，契诃夫仿佛在告诉游人：我是这里的主人，欢迎大家前来参观。

　　故居庄园包括住房、厢房、厨房、浴室、马厩多处建筑。此外，还有果园、菜园、池塘和林荫道等。我们看到庄园里的一些牌子上写着奇怪的名字。如，"天真院""娱乐岛""法国南方""鱼缸""列维坦小丘""爱情林荫道"等。原来，这是作家契诃夫亲自起的名字，显示出作家对自己庄园的热爱，也反映出作家浓郁的生活情趣。

我们进庄园后从右边的一条小路前行，不远便看到两只小狗铜雕，十分精致可爱。我前几次来并没有发现这个雕塑，看了说明我才明白，原来2012年12月22日，俄罗斯功勋艺术家亚·罗日尼科夫才把自己的这个组雕安放到那块草坪上，他是根据契诃夫生前的两只心爱的小狗——勃罗姆和希娜形象创作的。众所周知，契诃夫居住在梅利霍沃的时候，就像对待女性一样温柔地对待两只小狗。每当作家在园中散步时，两只小狗与作家形影不离，尾随在他身后跑来跑去，给作家带来了无穷的乐趣。如今，这个组雕不但成了庄园一景，而且也是个吉祥物。游人总要过去搓搓牠们的耳朵，好让自己的美愿成真。

契诃夫曾说过："医学是我的合法妻子，而文学是我的情人。"因此，在参观作家故居过程中，我最关注的一是作家契诃夫的住房，二是医生契诃夫的诊室。

我们穿过一片樱桃苹果园，来到了一座黄褐色的房屋前。这个房屋里面房间很多，有契诃夫、他父母、她妹妹的卧室，此外，还有契诃夫的书房、餐厅以及其他用房。

契诃夫的书房墙上挂着列维坦、波列诺夫等画家赠给契诃夫的油画，那是契诃夫与他们交往的见证。此外，还挂着列·托尔斯泰的照片。据说，契诃夫与托尔斯泰交往很深，契诃夫曾经去过亚斯纳雅·波良纳，托尔斯泰也多次去过雅尔塔的契诃夫故居。

一对小狗雕塑

黄褐色房子

　　书房里尤为吸引我注意的是书桌上的两张照片。一张是 19 世纪俄罗斯作曲家柴可夫斯基，另一张是女歌唱家利季娅·米金诺娃。柴可夫斯基的照片摆在这里容易理解。因为契诃夫与柴可夫斯基私交甚笃，相互欣赏对方的才华。据说，契诃夫曾经想把诗人莱蒙托夫的《贝拉》改成脚本，希望柴可夫斯基将之谱成一部音乐作品；而柴可夫斯基则打算以契诃夫的一些短篇小说为题写一部交响诗。可利季娅·米金诺娃的照片怎么也摆在桌上呢？此外，在房间里还挂着和摆着这个女子的几张照片，这是怎么回事？

　　原来，利季娅·米金诺娃（1870—1939）是契诃夫的妹妹玛利亚·契诃娃的同事和闺蜜，她是位绝色美人，歌唱得好，钢琴也弹得不错，还富有幽默感。就连大画家列维坦、著名歌唱家夏利亚宾都钦佩米金诺娃的才华。1889 年她与契诃夫相识后，两人相互钦慕，很快就堕入爱河。契诃夫称她为自己的"心灵玉米"，而利季娅·米金诺娃也表示要把自己全部的"思想，感情，歌声和精力"献给契诃夫。然而，他俩最终没有成为伉俪，因为契诃夫认为，"女人应当永远是男人的奴隶，女人柔软的就像一块蜡，男人想把她捏成什么样就能捏成什么样……"可利季娅·米金诺娃性格独立，我行我素，不愿意做男人手中的那块软蜡。为了冷却自己对米金诺娃的感情，契诃夫甚至跑到了遥远的萨哈林岛……可米金诺娃毕竟是他的初恋情人，因此把她的照片一直摆在自己书桌上。

　　作家在梅利霍沃的故居接待过许多俄罗斯文化名流和尊贵的客人。诸如，戏剧

契诃夫的书桌

家 В.涅米洛维奇－丹琴柯、В.吉利亚罗夫斯基、女演员 О.克尼佩尔、Т.史迁普金娜、Д.穆希娜－普希金娜、画家列维坦等。其中，画家列维坦与契诃夫的关系最好。列维坦不但从梅利霍沃的自然风光、从契诃夫的作品中汲取创作素材和灵感，而且试图在这里找到自己的爱情。契诃夫的妹妹玛利亚喜欢绘画并拜列维坦为师。后来，列维坦爱上了玛利亚并向她求婚。玛利亚征求契诃夫的意见，契诃夫与列维坦虽是好朋友，但并不同意这件婚事，他幽默地对妹妹说："他的心灵与他的长相一样，都像魔鬼……"玛利亚立刻明白了哥哥的态度，婉言回绝了列维坦的求婚……这个情节是真是假无从考证，但从中可以看出契诃夫的幽默和在关键问题上的态度。

　　走出契诃夫的住房，看见在故居的爱情林荫道尽头有一座浅蓝色小屋，四周环绕着丛丛浆果树。这是个厢房，后来变成了契诃夫的书屋和诊室。契诃夫说："我的厢房盖得不大，可令人赞叹。"每当契诃夫在家，屋顶就挂起一面小红旗，告诉当地居民可以找他看病。作家不但在这个仅有 20 平方米的屋子里为周围村民看病，而且完成了剧作《海鸥》（1895）。现在，门口墙上依然挂着一个有契诃夫的亲笔题词的牌子："我完成《海鸥》的小屋"。之后，这个房子就被称为"海鸥屋"。

　　沿着厢房侧面的小路往西走，可以看到一条小径通向契诃夫的诊室。本来，这个诊室不在故居庄园内。后来，为了便于展示契诃夫的行医活动，就把诊室从邻近的村子迁到这里。这个诊室再现了 19 世纪 90 年代乡村诊室的原貌。进门右侧屋角衣架上挂着医生的白大褂和帽子，旁边的小凳上放着一个出诊包，桌上有笔、纸和吸墨器，还有一盏煤油灯。左侧瓷盆里有一个大瓷壶，这是医生的洗手用具。一扇不大敞亮的窗户前，摆着一张检查病人用的病床，有一半被屏风遮挡着。在靠里面的墙根摆着一张简易的桌子，上面摆着小刀、镊子、锥子以及消毒棉和碘酒之类，那是处理患者创伤的医疗器械……

总之，这个诊室里给人的感觉是，内科和外科简易治疗的一切应有尽有。我坐在这个诊室的长凳上，脑海里浮现出契诃夫当年在诊室里为农民治病的情景，或是他坐在那里用听诊器给病人检查，或是他用镊子夹住一块药棉给患者涂擦伤口……

契诃夫从来没有后悔过自己选择的职业。他在一封信里写道，医学是合法妻子，文学是情人，"当妻子让我厌倦，我便去情人那里过夜。这样做虽不成体统，然而能让我不感到枯燥，况且，我的这种背信弃义行为并没有给两者带来任何的损失……"可以说，行医和写作在契诃夫身上互补。行医能帮助作家接触和认识各种各样的人，有助于文学形象的塑造；写作让他洞察人的感情世界和了解人的内心感受，促进他更好地行医。

契诃夫来到梅利霍沃后，在这里为梅利霍沃周围 25 个村庄的几千农民和穷人免费治病，还经常坐马车出诊给患者看病。此外，他还收集草药给当地的患者，出资组建梅利霍沃的医疗所并购买设备。在 19 世纪 90 年代初，他还到处化缘与霍乱作斗争。因此，契诃夫在当年是一位深受梅利霍沃居民爱戴和信赖的医生。

契诃夫离开梅利霍沃已近 120 年了，但在这里我们依然仿佛能够感到身为作家和医生的契诃夫的存在，能感到作家当年生活的节奏和气息。契诃夫曾说过："假如每个人在自己的弹丸之地上能尽自己所能做到了一切，那我们的地球就会变得多美啊。"事实表明，作家契诃夫本人已经做到了。

（2016 年 5 月 1 日）

契诃夫时代的乡村诊室

人是一个秘密，应当猜透它

——访陀思妥耶夫斯基的莫斯科故居博物馆

在莫斯科城北，离玛利亚丛林不远的陀思妥耶夫斯基大街 2 号院内，有一座米黄色的大楼，如今是莫斯科 И.谢切诺夫医学院（俄罗斯痨病协会），可 19 世纪初这里曾经是一家专门为"穷人"治病的医院。这座大楼是 19 世纪著名建筑师 И.日里亚迪和 А.米哈伊洛夫按照 Д.夸伦吉的草图于 19 世纪初设计建造的，而医院是由沙皇保罗一世的遗孀玛利亚·费多罗夫娜于 1806 年创办的。

莫斯科 И.谢切诺夫医学院

　　如今，人们络绎不绝地来这里不是参观这座古典主义建筑风格大楼，更不是要了解19世纪由皇后玛利亚创办的那家医院，而是来造访19世纪著名的俄罗斯作家费多尔·陀思妥耶夫斯基故居，因为大楼右边的厢房曾经是他诞生和度过自己童年的地方，参观者希望在作家的故居感受和体验一下作家童年生活的环境和氛围。

　　陀思妥耶夫斯基的父亲米哈伊尔·安德烈耶维奇没有自己的私人官邸。他在莫斯科玛利亚医院供职的时候，住在玛利亚医院厢房的两间供"不富有的劳动者"居住的公房里，他的二儿子费多尔·陀思妥耶夫斯基就诞生在这里并度过了自己的童年。

　　陀思妥耶夫斯基一家人住的公房总共有两个房间，外加一些"辅助设施"，显得相当简陋，甚至寒酸，无法与19世纪其他出身贵族的俄罗斯作家故居相比。

　　一进陀思妥耶夫斯基的故居，正对着门有张小桌，上面放着一个记事簿，这是圣徒彼得保罗教堂的记事簿，记录着该教区在1814—1823年间教民的生死、婚嫁等事件。小陀思妥耶夫斯基出生情况记在第148页上："（1821年）10月，穷人医院的校级军医米哈伊尔·安德烈耶维奇·陀思妥耶夫斯基家里生下一名婴儿，起名为费多尔。"这个男婴就是后来蜚声世界的19世纪俄罗斯作家Φ.陀思妥耶夫斯基。

　　进屋后向左拐是间小过堂，面积仅4平方米，那是患者当年候诊的地方。稍往前走右侧有个半地下室的小房间，顶多有8平方米，这是"儿童室"，小陀思妥耶夫斯基和哥哥米哈伊尔就住在那里。屋里摆着两个俄式箱子，那是哥俩的两张"小床"，此外几乎没有任何家具。在这个光线昏暗的屋里，兄弟俩阅读了包括莎士比亚、司科特、巴尔扎克在内许多西欧作家的作品，并且他从《读者文库》杂志第一次知道了俄罗斯诗人普希金的名字。因此，这个儿童室是他俩精神文化成长的摇篮。

陀思妥耶夫斯基故居的儿童室

　　房间的后墙有个小门通向储藏室，那是保姆阿廖娜·弗拉罗芙娜睡觉的地方。阿廖娜是讲故事能手，费多尔和米哈伊尔就是从她口中知道了《火鸟》《阿廖沙·波波维奇》等许多俄罗斯民间童话。阿廖娜还是个十分善良和富有同情心的人。当她得知陀思妥耶夫斯基一家在拉多沃耶村的农舍、粮库和牲畜圈在一次大火中全部烧为灰烬，毫不犹豫地献出了自己多年积攒的 500 卢布，她对陀思妥耶夫斯基的母亲玛利亚说："我这钱是留着养老用的，既然你们现在需要钱，那就拿去吧，我现在不用。"这件事情对小陀思妥耶夫斯基的触动很大，让他看到一位普通的俄罗斯劳动妇女的优良品德。

　　沿着过道再往前走，就进入了一个 40 多平方米的屋子，如今被称为"多功能室"，是陀思妥耶夫斯基一家人的餐厅、"工作室"以及孩子们的读书和学习的地方。这个房间有两扇大窗户，一扇对着医院的院子，另一扇对着博热多姆卡大街（如今的陀思妥耶夫斯基大街）。屋里的光线充足，也显得很敞亮。每天，父亲带着几个孩子去离这里不远的玛利亚丛林散步，沿途不但给孩子们讲解一些数学知识，而且一定要给他们介绍莫斯科一些街道的情况。有时候，父母也与孩子们去莫斯科市中心游玩。克里姆林宫、瓦西里升天大教堂和红场给他们幼小的心灵留下了永远美好的回忆。父母也抽时间同孩子们一道远足，去谢尔吉镇参观金碧辉煌的东正教教堂群。

多功能室

客厅

　　这个房间还是孩子们温习功课的地方，屋里最显眼的是一张小桌，上面有两本书。一本是卡拉姆津写的《俄罗斯国家史》，另一本是《旧约全书·约伯书》。陀思妥耶夫斯基从小就开始考虑无辜的人在世上为什么受罪，人为什么会受到惩罚等问题。因此他最喜欢看《约伯书》。约伯不仅以自己的睿智吸引着小陀思妥耶夫斯基，而且让他得到了极大的安慰。陀思妥耶夫斯基成人之后，依然对《约伯书》情有独钟，他反复阅读这本书，是为了探索人痛苦的奥秘并且赋予这种奥秘神秘的意义。陀思妥耶夫斯基有句名言："人是一个秘密，应当猜透它。倘若你花一辈子时间去猜，也别说你浪费了时间。我如今做着这件事，因为我希望做一个人。"可以说，这句名言就是受到《约伯书》的启发而说出来的。

　　这个房间的另一个功能是游戏室。陀思妥耶夫斯基与自己的兄弟姊妹在这里玩打木桩游戏，玩纸牌，玩复活节的彩蛋，还经常听保姆阿廖娜讲各种故事。

　　客厅主要是陀思妥耶夫斯基父母的活动场所，一个古香古色的红木书柜、椭圆形的红木桌子和古式沙发，几件简单的家具不但表现出这家人的爱好，而且也表明他们的生活比较简朴，甚至拮据。客厅一侧用隔扇隔开，那边是陀思妥耶夫斯基父母的卧室。一张床、一个床头柜和一个摆着洗漱用具的梳妆台，最引人注目的是那个白色大壁炉，全家冬天取暖就靠它……

　　1837 年，陀思妥耶夫斯基的母亲玛利亚·费多罗夫娜因患肺结核病故，这个家庭也随之解体。父亲米哈伊尔·安德烈耶维奇把几个年幼的孩子送给亲戚抚养，让陀思妥耶夫斯基和哥哥去彼得堡念军校，他自己也辞去医院的工作离开这里，去拉多沃耶村开始了乡居生活。由于苦闷他开始酗酒，并与一位年纪小他很多的女子同居，不久被本村的农民们打死⋯⋯

　　作家陀思妥耶夫斯基的妻子安娜·格里高利耶夫娜比陀思妥耶夫斯基多活了近40 多年，可她一直觉得自己还仿佛生活在丈夫在世的年代。她说，"我并不是生活在 20 世纪，我依然留在 19 世纪 70 年代。我接触的人们，是费多尔·陀思妥耶夫斯基的朋友；我的社交圈子，是陀思妥耶夫斯基所亲近的人们的圈子。我仿佛还与他们生活在一起。每个研究陀思妥耶夫斯基生平创作的人都似乎让我感到是亲人。"

　　1928 年 11 月 11 日，在作家生日那天，陀思妥耶夫斯基故居博物馆在莫斯科开馆，他的妻子安娜是这座博物馆的创办者，而且她亲自收集了五千多件展品。1970 年之前，在苏联乃至俄罗斯这是唯一的陀思妥耶夫斯基博物馆。如今，博物馆的一切均保留作家童年在这里生活的样子，让参观者感受和体验到作家居住的社会时代氛围。

　　陀思妥耶夫斯基故居院内有一尊陀思妥耶夫斯基全身雕像。他身穿一件长衫，忧郁地看着远处，这是俄罗斯著名雕塑家梅尔库洛夫创作的，雕像描绘陀思妥耶夫斯基在彼特拉舍夫斯基小组因宣读《别林斯基致果戈理的一封信》而被捕的情景⋯⋯

　　25 年前我曾来过这里，时间抹去了我的所有记忆，可唯独记得这尊雕像，影集里还存有当年我与这尊雕像的合影。

　　这次造访还有一个收获，那就是结识了博物馆的研究员塔基杨娜·格奥尔基耶夫娜。她不但热情向我们介绍博物馆的情况，与我们合影留念，而且还慷慨赠书并邀请我们夏天去拉多沃耶村的陀思妥耶夫斯基庄园做客。倘若时间容许，今年夏天我一定要去拉多沃耶一趟，继续我的陀思妥耶夫斯基的生平足迹之旅，进一步认识这位伟大的俄罗斯作家。

（2014 年 4 月 23 日）

陀思妥耶夫斯基雕像

我走进俄罗斯音乐的神圣一角

——参观作曲家柴可夫斯基故居博物馆

　　距莫斯科城西北约 65 公里，在俄罗斯莫斯科州有一个小镇——克林，人口不足10 万，那里既没有什么历史名胜，也没有什么诱人的自然风光，然而每年去那里"朝圣"的音乐爱好者络绎不绝，因为俄罗斯作曲家柴可夫斯基的故居在那里，这就叫做"山不在高，有仙则灵。"

　　柴可夫斯基的故居博物馆与俄罗斯的其他文化名人的故居博物馆相比，无论从规模上还是从"硬件"上都比较简陋，然而故居的藏书丰富、档案资料齐全，每件物品、每幅画作和人物肖像都显示了作曲家本人的文化素养，揭示出这位俄罗斯作曲家丰富的精神境界，这一切构成了他创作音乐精品的源泉和保障。

　　柴可夫斯基本人十分喜欢这个地方，他写道："我自己都不知道为什么如此眷恋克林，我很难想象自己会居住到其他地方。"他后来为自己喜欢住在克林做了解释："住在幽静的乡村，能够工作、散步和呼吸洁净的空气，这是我能够幸福生活的必需条件。"

　　柴可夫斯基故居是一座二层小楼。一楼进门后有个大厅，正面墙上挂着柴可夫斯基巨幅照片，他身穿燕尾服、系着白色领带，十分英俊潇洒，那是摄影师 A . 费杰茨基在 1893 年 3 月 14 日拍摄的。当时他在哈尔科夫刚指挥完一场音乐会，音乐会结束后，观众中的青年人和音乐学校的学生就涌到台上，把柴可夫斯基按到一个座椅上，之后抬着座椅绕大厅一周，同时他们鼓掌欢呼，祝贺演出成功……之后，他们把柴可夫斯基抬到费杰茨基面前，后者用照相机把作曲家定格在照片上，照片是柴可夫斯基生前享有盛名的一个见证。

　　在大厅的一侧有个展柜，里面陈列着柴可夫斯基生前的私人用品。他戴过的礼帽、手套、指挥棒、茶具、纪念银盘等。但其中最令我感兴趣的是那根指挥棒。据说，

柴可夫斯基故居外景

费杰茨基拍摄的柴可夫斯基像

柴可夫斯基故居内景

那是奥地利作曲家兼指挥家门德尔松（亦说贝多芬或舒曼）曾经用过的，后来，遵照德国作曲家兼钢琴家阿道夫·冯·亨杰尔特（1814—1889，后成为沙皇皇室钢琴家）的遗嘱，赠给了柴可夫斯基。柴可夫斯基用那根指挥棒完成了他在俄罗斯各地、西欧和美国的巡演。因此，那根指挥棒是柴可夫斯基驰骋世界乐坛的见证，功不可没，值得展出！

柴可夫斯基一生勤奋创作，珍惜每一天的时间，真正是分秒必争。他有一句名言："灵感这位客人不喜欢造访懈怠的人们。"

柴可夫斯基认为读书是人生的极大幸福，他从小喜欢看书，这种爱好伴随了他的一生。柴可夫斯基的朋友、音乐评论家拉罗什指出，"文学在他（指柴可夫斯基）的生活中要比在普通人的生活中占据的位置大得多：音乐之外，文学是他一项最主要的和极为真正的兴趣。"柴可夫斯基读书涉猎的作品很多，并且喜欢读书时在书边上批注。我看到在柴可夫斯基故居的书橱里摆满俄罗斯文学和世界文学大师的作品。其中有诗人普希金、莱蒙托夫和费特的诗集，作家果戈理、屠格涅夫、列·托尔斯泰、陀思妥耶夫斯基、冈察洛夫和契诃夫的小说，莎士比亚、席勒、歌德和哥夫曼等人的作品。柴可夫斯基尤为赏识契诃夫的文学才能，是首先高度评价契诃夫文学创作的人士之一。他曾经想与契诃夫共同创作一部以诗人莱蒙托夫的小说《当代英雄》中的"贝拉"为题材的歌剧。在柴可夫斯基故居还珍藏一本契诃夫短篇小说集，那是契诃夫赠给柴可夫斯基的，扉页上的题词是："赠给彼得·伊里奇·柴可夫斯基。未来剧本的作者敬赠。"

在柴可夫斯基故居里还保存着不少当年的杂志。如，《俄罗斯导报》《欧罗巴导报》

《历史导报》和《演员》等；柴可夫斯基对哲学也颇感兴趣，因为我看到书橱里有德国哲学家叔本华和斯宾诺莎的作品。当然，在柴可夫斯基的书橱里还有一本他必读之书——《圣经》。

柴可夫斯基不但喜欢读文学作品，而且还从文学中汲取营养，文学成为他音乐创作的源泉之一。他的不少音乐作品就是以俄罗斯文学作品为题材和内容的。如，他以普希金的诗体小说《叶甫盖尼·奥涅金》和小说《黑桃皇后》为情节谱写成同名歌剧；根据普希金的长诗《波尔塔瓦》谱写了歌剧《马塞芭》；根据剧作家奥斯特洛夫斯基的剧作《白雪公主》为题创作了同名的芭蕾舞音乐；根据德国诗人席勒的悲剧（茹科夫斯基译成俄文）谱写了歌剧《奥尔良姑娘》，等等。

柴可夫斯基与许多画家、音乐家、歌唱家和指挥家建立了深厚的友谊；在故居保存的四千多封信件就是他与亲朋好友密切交往的见证。他的朋友有：俄罗斯作曲家 C.塔涅耶夫、钢琴家 A.鲁宾斯坦和 H.鲁宾斯坦兄弟、音乐家 H.古别尔特、音乐评论家 Г.拉罗什、H.卡什金、小提琴家 И.科杰克、大提琴家 A.布朗杜科夫、中提琴家 A.阿连德斯、女歌唱家 M.别纳尔妲己、E.马西妮、捷克的作曲家德沃夏克、挪威作曲家格里格、法国作曲家圣桑、奥地利作曲家马勒和德国作曲家布洛夫等人。柴可夫斯基还与画家 H.库兹涅佐夫有着深厚的私交，后者的画作《春日小景》就挂在他床头的墙上。此外，他还与巡回展览派的马科夫斯基兄弟稔熟，他把 H.马科夫斯基的《芬兰湾的小渔船》和 B.马科夫斯基的《在别墅》两幅画也挂在自己卧室的墙上。

柴可夫斯基故居的藏书

　　柴可夫斯基最崇拜的作曲家是莫扎特。他在日记里写道："在弹奏莫扎特的作品和阅读他的乐谱时，我感到自己更年轻、更有朝气，几乎觉得自己就是个年轻人……"此外，在他的乐谱柜里，保存着贝多芬、海顿、舒曼、斯美塔纳、亨德尔、巴赫和德沃夏克等人的作品。在乐谱柜里，我们还可以看到格林卡、里姆斯基－科萨科夫、穆索尔斯基、鲍罗丁、鲁宾斯坦、拉赫玛尼诺夫、格拉祖诺夫、格里格、古诺、比才和瓦格纳等作曲家的乐谱。拉赫玛尼诺夫、里姆斯基－科萨科夫、格拉祖诺夫和格里格等好友还把自己的乐谱签名后赠送给柴可夫斯基。

　　据悉，早在 1990 年柴可夫斯基诞辰 150 周年之际，莫斯科州人民代表大会就做出决议，要扩大柴可夫斯基故居博物馆，把捷米扬诺沃庄园遗址建成博物馆的分馆。我们对此很感兴趣，况且据一位工作人员说，捷米扬诺沃庄园遗址距离柴可夫斯基故居只有 1.5 公里。于是我们决定前往。可由于不熟悉地形，我们几经周转，几乎用了 40 多分钟才找到了那块地方。只见那里的遗址是个断壁残垣，路上坑坑洼洼，遍地垃圾，一派衰败的景象。这让我们大跌眼镜，也大失所望！看来，要把这里变成柴可夫斯基故居博物馆的分馆还是一件遥遥无期的事情。

　　可在捷米扬诺沃庄园遗址那里，新建起的一座教堂传出来晚祈的钟声，显示出这里还有生活的气息和生机，让人对柴可夫斯基故居博物馆未来的扩建还抱有一丝希望。

（2013 年 4 月 21 日）

柴可夫斯基雕像

捷米扬诺沃庄园遗址

与俄罗斯大文豪列·托尔斯泰的一次近距离接触
——参观国立列·托尔斯泰博物馆

　　四月初，莫斯科春意融融。我结束了蜗居的冬日，开始利用周末参观俄罗斯名人故居。

　　这次周末参观国立列·托尔斯泰博物馆纯属"歪打正着"。本来我们一行四人打算参观的是在莫斯科的托尔斯泰故居，同行的其他三人属第一次参观，我则是"旧地重游"，我准备像参观高尔基故居博物馆一样，把前两次参观的一切重新输入记忆，但一位小朋友却把大家"误导"至国立列·托尔斯泰博物馆了。起初，我并没有发现这不是托尔斯泰故居，因此，进博物馆后觉得与我记忆中的房间布局和展品完全不同，我还几次问博物馆的工作人员，为什么变化如此之大，为什么与20多年前，甚至10多年前博物馆内的布局截然不同。因为博物馆内的展品，从图片到照片，从建筑到雕像是我从来没有见过的。我边参观边纳闷，是自己老年失去了记忆，还是托尔斯泰故居全变了？为什么不见他的书房、卧室、餐厅？为什么见不到他妻子给他抄写书稿的小桌？为什么不见他两个女儿的闺房？他小儿子的那些玩具又哪里去了？总之，满脑子的疑问……一直到参观结束，在衣帽间我还问博物馆工作人员，托尔斯泰的书房、卧室到哪里去了。工作人员回答说："托尔斯泰在这里没有写书，也没有吃饭，更没有在这里睡觉……托尔斯泰吃饭、睡觉和写作的地方在他的故居博物馆，离这里还有两站汽车的路程……"我这才恍然大悟，原来我们弄错了地方！

　　然而，"因祸得福"。一是弥补了我的知识欠缺，二是得以参观国立列·托尔斯泰博物馆，馆内的书稿、信件、图片、画作、雕塑等丰富的资料让我领略了伟大作家的生平创作活动。

　　进博物馆后右拐是个前厅，墙上的一张偌大的托尔斯泰家谱图最先跳入眼帘。托尔斯泰的双亲家族显赫，他确实为名门之后，怪不得托尔斯泰不无自豪地写道："每

国立列·托尔斯泰博物馆

当回想起自己的父亲、祖父和曾祖父等前辈，我不但不感到惭愧，而且感到特别快乐。"

整个博物馆的房间为穿堂式。往前走便进入一个能容纳百名听众的报告厅。厅里墙壁上挂着十多幅油画，大都是托尔斯泰在亚斯纳雅·波良纳庄园的风景。靠近进门的两个角落里有两尊托尔斯泰半身雕像。据介绍，每周在这个厅里都举行与托尔斯泰有关的各种报告会和讲座（我们去那天正好碰上讲座，因此我们不得不逆向参观），介绍托尔斯泰研究的新成果。

之后，游览路线把参观者带到几个展厅，按照托尔斯泰的几部主要作品命名：哥萨克展厅、战争与和平展厅、安娜·卡列尼娜展厅、复活展厅等。每个展厅不但展示托尔斯泰的各个代表作的历史背景和历史人物，而且还展出有关的实物，辅以艺术作品、照片和书稿片段。

在战争与和平展厅里，呈现出 1812 年战争的诸多画面和战争史料。从某种意义上说，1812 年战争是一场人民战争。参加这场战争的不仅有沙皇亚历山大一世、俄军统帅库图佐夫以及一些高级军官，还有普通的俄罗斯军官、士兵，甚至普通的俄罗斯农民。因此展厅里不但有沙皇亚历山大一世肖像以及库图佐夫等高级将领的雕像和画像，还有不少普通士兵画像和描绘当时俄罗斯士兵与法军作战场面的画作。此外，在橱窗里陈列着小说《战争与和平》最初刊登在《俄罗斯导报》杂志上的一些篇章，那时小说名字不叫《战争与和平》，而叫《1805 年》。这些资料十分珍贵，我还是第一次看到。

在安娜·卡列尼娜展厅里,小说《安娜·卡列尼娜》的手稿展示在橱窗里。小说的一些主要情节,诸如安娜与弗伦斯基在莫斯科车站相遇、列文与吉提的婚礼、安娜与儿子阿廖莎会面、卡列宁向安娜求婚、安娜观看弗伦斯基赛马等场面均用油画栩栩如生地描绘出来。在这个展厅里显眼的地方挂着一张普希金女儿的巨幅肖像,据说,托尔斯泰就是根据普希金女儿的肖像描绘出小说女主人公安娜的外貌。

这个展厅里还有一件展品吸引了我的注意,那就是在橱窗里展出的一个戒指,那是托尔斯泰为感谢妻子索菲亚反复誊写小说《安娜·卡列尼娜》手稿而赠给她的礼物。此外,托尔斯泰与妻子结婚时用的一些物品——订婚蜡烛、手套和新娘头上戴的绢花也摆在橱窗里。据说,小说主人公列文与吉提结婚的情节就是基于托尔斯泰本人与妻子索菲亚结婚的历史。

复活展厅展示出小说《复活》以及作家晚年的创作。托尔斯泰与家人这时已经迁到莫斯科的庄园。托尔斯泰经过痛苦的精神危机后转到宗法制农民的立场,他对自己昔日的贵族生活感到耻辱,还对俄罗斯国家体制、上流社会和官方宗教进行最严厉的批判,写出《复活》这部力作,小说被视为19世纪俄罗斯现实主义文学的高峰。

安娜展厅——普希金女儿像

复活展厅

画家 Л.帕斯捷尔纳克为小说《复活》做的插画、画家 И.列宾为小说《黑暗势力》
创作的油画以及画家 В.梅什科夫为晚年的托尔斯泰画的画像都陈列在这里。

　　这座博物馆里还有托尔斯泰的大儿子谢尔盖生平活动的展厅，主要展示了谢尔
盖和他的妻子及家人的照片，介绍谢尔盖对托尔斯泰博物馆的建设和发展起到的重
要作用。

　　参观这座博物馆归来后，我又阅读了托尔斯泰博物馆的有关资料，对这座博物
馆有了更深入的了解。原来，国立列·托尔斯泰博物馆是俄罗斯最古老的文学博物
馆之一，是 1911 年按照托尔斯泰协会的倡议修建的。托尔斯泰协会早就对收集和
保存作家及其文学创作遗产有着浓厚的兴趣，也有过建立托尔斯泰博物馆的动议。
1910 年，得知托尔斯泰从亚斯纳雅·波良纳家出走并很快病死在阿斯塔博沃车站，
托尔斯泰协会从那时起更加剧了创建托尔斯泰博物馆的想法。当然，托尔斯泰的妻子、
孩子和他的追随者和思想同路人也是这一倡议的积极支持者。此外，许多俄罗斯文
化名人，如，诗人 В.勃留索夫、作家 И.布宁、В.魏烈萨耶夫、А.高尔基、画家 И.
列宾、Л.帕斯捷尔纳克、戏剧家 К.斯坦尼斯拉夫斯基、В.涅米洛维奇－丹钦柯、

演员 B.卡恰洛夫、O.柯尼佩尔－契诃娃和 A.雅博罗奇金娜都为建立托尔斯泰博物馆呼吁奔走。这里的全部展品和物品都是靠社会集资。托尔斯泰的亲人和他的崇拜者把作家书稿、肖像、照片、私人物品、书籍、画作和插图也无私地捐赠了出来。1911 年 12 月 28 日（旧历），位于波瓦尔大街 18 号的托尔斯泰博物馆正式开放。

十月革命后，列宁亲自签署了把莫斯科的托尔斯泰故居国有化的法令，并做出把托尔斯泰文学博物馆与作家故居合二为一的决定，统称为托尔斯泰博物馆。1920 年 11 月 20 日，作家去世十周年纪念日那天，托尔斯泰文学博物馆正式开馆。从 1939 年起，博物馆成为研究托尔斯泰文学遗产的科研中心。1997 年 4 月 2 日俄罗斯总统叶利钦下令，把托尔斯泰博物馆列为俄罗斯联邦各族人民最珍贵的文化遗产名录中。

国立托尔斯泰博物馆如今已成为一座博物馆综合体，由阿斯塔博沃托尔斯泰纪念馆、热列兹诺沃茨克的托尔斯泰博物馆中心、莫斯科的"哈莫夫尼基"托尔斯泰故居和皮亚特尼茨基大街 12 号的托尔斯泰中心等几个分馆组成。这座博物馆收藏着

托尔斯泰雕像

作家的手稿、作品、照片、图片、实物以及与他的生平创作有关的许多东西。馆内保存的书稿大约有 30 万件、作家日记 100 多本、作家给亲友和各界人士的 1 万多封信和来自俄罗斯和世界各地给作家的 5 万多封信，还有 2.5 万幅照片、4 万件造型艺术作品（绘画、版画、雕塑等）和 16 万册藏书。此外，这座博物馆还是举世闻名的研究托尔斯泰遗产的中心。

　　既然托尔斯泰故居离此不远，我们估计时间还来得及，便立即前往托尔斯泰故居庄园。

　　托尔斯泰故居庄园建成于 1800 年—1805 年，原来是为 И. 梅谢尔斯基公爵修建的。除了庄园主体二层木楼外，还有厢房、厢房附近的板棚、马车棚、更夫小棚、花园小亭和带地窖的厨房，等等。这座建筑在 1812 年的莫斯科大火中丝毫未损，但后来几易其主，成为十等文官 И. 阿尔纳乌托夫的房产。托尔斯泰在 1882 年夏天从阿尔纳乌托夫手中买下来。之后请建筑师 M. 尼基福罗夫开始了庄园的扩建工程，把房间扩为 16 间，还在前室增加了一座楼梯。

托尔斯泰故居

托尔斯泰和家人夏天住在亚斯纳雅·波良纳，冬天则住在这个庄园里，共度过了 19 个冬天，直到 1901 年春才离开。1909 年 9 月，作家从亚斯纳雅·波良纳来莫斯科郊外拜访自己的朋友和秘书 B.切尔特科夫，那是他最后一次来这个庄园。

我们沿着游览路线，从一楼到二楼，在作家的餐厅、客厅、卧室、儿童室、大女儿闺房、二女儿闺房和书房驻足参观，亲自感受一下这里留存的托尔斯泰及其家人的生活气氛。

托尔斯泰的家人较多（先后有 10 个孩子曾在这里生活），因此餐厅很大，光线也充足，餐桌上摆着几套常用的英式餐具（不常用的餐具存在储藏室）。有时候，托尔斯泰用餐前后在这里翻阅从俄罗斯和世界各地寄来的邮件；托尔斯泰还在这里接待自己的朋友，作家契诃夫、画家 И.列宾、哲学家 C.索罗维约夫等人都曾坐在这个餐厅里。

客厅面积也不小，里面摆着各种红木家具。墙上挂着三幅画像，一幅是画家 B.谢罗夫为托尔斯泰的妻子索菲亚所做的画像；第二幅是 И.列宾给托尔斯泰的大女儿塔基杨娜画的肖像；第三幅是画家 H.格为托尔斯泰的小女儿玛利亚创作的肖像。墙上的其他风景画则均为托尔斯泰大女儿塔基杨娜的作品。据说，这个客厅是托尔斯泰夫人索菲亚最心爱的地方，她喜欢在这里接待客人。在客厅一角摆着一张小桌，索菲亚在上面为自己丈夫誊写和校正书稿。托尔斯泰有时还在此与朋友们玩牌或聆听别人朗读书稿。

儿童室原本是托尔斯泰最小的儿子瓦尼亚居住的地方。但瓦尼亚很小就夭折了，之后，作家的小女儿亚历山德拉住在这里，可屋内的陈设和玩具——木马、小拉车、鸟笼和装玩具的木箱依然保持着瓦尼亚生前摆放的样子。据说，这是托尔斯泰的意思，以表示对自己钟爱的小儿子瓦尼亚的怀念。

大女儿塔基杨娜的闺房装修得色调柔和、温馨，屋里的家具、墙上挂的油画都显示大女儿的爱好和艺术品位。因为塔基杨娜是肖像画家，对自己的居室有自己的要求。相比之下，二女儿玛利亚的房间则显得比较简朴、清静。她的闺房十分显眼的是进门右角有个俄式大壁炉，凸显出 19 世纪末俄罗斯人冬天的取暖方式。玛利亚生前在莫斯科第一医院工作，她在家里也经常与药品打交道，因此屋内总弥漫着一股药味。

作家的书房在庄园的二楼。与餐厅和客厅相比，书房不算大，装修也很简单，基本是涂上一层柔和绿色的裸墙。书房的家具很少，可谓家徒四壁，可能作家是为了集中精力写作而故意这样布置的。作家的那张松木写字台漆成黑色，桌上摆着文具，还有两个供照明用的铜烛台。托尔斯泰精力旺盛，辛勤耕耘，到 70 岁高龄还每天写作长达 5-6 小时，往往还秉烛写作伏案到夜晚。托尔斯泰的眼睛近视，可他不戴眼镜。为拉近稿纸与眼睛的距离，他把椅子腿锯掉一截。

托尔斯泰故居的书桌

　　托尔斯泰在这个书房的写字台上创作了包括长篇小说《复活》、中篇小说《伊凡·伊里奇之死》《克莱采奏鸣曲》和《谢尔吉神父》等文学佳篇以及宗教－哲学文章《我的信仰是什么？》《论人生》和《什么是艺术？》等上百部作品。

　　托尔斯泰居住在这里的时候，已结束了自己的精神危机，他从贵族立场转到宗法制的农民立场。因此，他像普通劳动者一样扫雪，汲水，劈柴，生火，打扫房间，甚至还学会做皮靴手艺。故居里有作家的一个小作坊，那里不但有他当年制作鞋的工具，而且还摆着两双皮靴，其中一双是他给诗人费特定做的，据说他还向费特要了9卢布工钱；另一双是他给自己的大女婿苏霍金做的。苏霍金没有舍得穿，而把那双靴子放在自己书架上，摆在托尔斯泰文集之后，逢人便说这是岳父托尔斯泰的一部"新作品"。

　　从故居博物馆的展品和照片可以得知，与托尔斯泰往来的都是当时俄罗斯的社会文化精英：作家 A.契诃夫、H.列斯科夫、Д.格里戈洛维奇、A.高尔基、И.布宁、B.柯罗连科，剧作家 O.奥斯特洛夫斯基；诗人 A.费特等；画家 И.列宾、H.格、B.谢罗夫、И 普利亚尼什尼科夫、H.亚罗申科、Г.米亚索耶多夫、A.瓦斯涅佐夫、B.马科夫斯基、B.波列诺夫和 Л.帕斯捷尔纳克；音乐家 A.斯克里亚宾、C.拉赫玛尼诺夫、H.里姆斯基 – 科萨科夫以及钢琴家 C.塔涅耶夫和歌唱家 Φ.夏利亚宾……

　　参观结束后，我们去到后花园。树木尚未抽芽，青草也没有长出土，整个花园显得光秃、冷清。我们几人沿着小径走到后面的一座土丘。那是托尔斯泰的孩子们当年玩耍的地方。我们登上土丘回过身来，远望着对面那座二层木楼，仿佛看到从楼里出来一位老者，迈着蹒跚的脚步向我们走来……

（2014 年 4 月 14 日）

作家的自行车。托尔斯泰的小作坊一角。那辆自行车是英国自行车协会赠送给作家的。67 岁的托尔斯泰开始学会骑车并从莫斯科骑到亚斯纳雅·波良纳，行程三百多公里。

俄罗斯诗人叶赛宁故乡行

　　来俄罗斯这么多年，一直没有机会拜访俄罗斯诗人叶赛宁的故居。因此，经过一番策划，趁着端午节休息，我与几位友人驱车前往梁赞省雷勃诺耶区的康斯坦丁诺沃村，参观"苏维埃诗歌艺术的真正代表"——俄罗斯诗人谢尔盖·叶赛宁的故居。

　　汽车一早就离开喧闹、拥堵的莫斯科，行驶在通往梁赞的公路上。我们远望着湛蓝的天空和飘浮的白云，近看从汽车两侧缓缓退后的密林和青草地，再打开车窗玻璃吸一口野外的新鲜空气，顿时感到心旷神怡，几周来淤积在心中的郁闷便一扫而光。

　　汽车驶离莫斯科愈远，大自然的风景就愈美。当汽车从路标"雷勃诺耶"处拐向通往康斯坦丁诺沃村的道路，一片紫色的熏衣草立刻跳入眼帘，我们还未好好领略一下熏衣草之美，一大片油菜花又像黄色地毯展现在面前。大自然造物，天赐的美景，我们不由地停下车来观赏一番……

　　经过两个多小时的行驶，我们的车驶进了康斯坦丁诺沃的叶赛宁故居博物馆地域。

　　康斯坦丁诺沃是梁赞省雷勃诺耶区的一个村，高高地坐落在风景如画的奥卡河畔上，它离莫斯科东南180公里，距梁赞城西北43公里。站在康斯坦丁诺沃的村头，可以看见下面缓缓流淌的奥卡河，极目远望，是一片茂密的森林和无垠的草原。在蓝天白云下，森林、草原和奥卡河与近处的庄园、教堂、钟楼、木桥、小屋、果园和花丛构成了一幅天然的油画，从露天舞台这时又传来一阵优美歌声和悠扬的琴声，这一切浑为一部大自然的交响音画，让人感到美轮美奂、美不胜收！

　　康斯坦丁诺沃有400多年的历史，它最早是皇家的一块领地，后来沙皇将之封给自己的一位近臣。之后，这块土地几易其主，叶赛宁诞生的时候，它属于莫斯科的荣誉市民伊凡·库拉科夫的财产。

去往叶赛宁故居途中的油菜花

奥卡河畔全景

叶赛宁故居小屋

　　20 世纪后半叶，康斯坦丁诺沃因诗人叶赛宁而闻名于世。按照叶赛宁在俄罗斯诗歌界乃至文学界的"地位和量级"，他 1925 年去世后，就应立刻开辟诗人的故居纪念馆，因为叶赛宁不但在康斯坦丁诺沃度过自己的少年时代，而且成名后也经常回到故乡并在那里创作了不少佳作。但遗憾的是，叶赛宁故居博物馆在诗人去世 40 年后的 1965 年才与游人见面，这恐怕与斯大林时代对叶赛宁本人及其诗歌创作的评价有关。斯大林在世时，叶赛宁的诗歌作品在苏联很少印刷发行。只是斯大林去世后，叶赛宁的诗歌才渐渐地回到俄罗斯人民和读者中间。

　　叶赛宁故居博物馆经过 47 年的历程，如今已成为一座闻名世界的俄罗斯国立博物馆，并且由最初的诗人故居单一景点，扩展为包括康斯坦丁诺沃小学、卡申娜的庄园、叶赛宁文学创作道路博物馆、神甫斯米尔诺夫故居、喀山圣母圣像教堂和圣灵小教堂等 7 个景点的综合博物馆和自然保护区。其中，诗人的故居、卡申娜的庄园和叶赛宁文学创作道路博物馆是人们最感兴趣的地方，吸引着成千上万俄罗斯的游客和世界各地的叶赛宁诗歌的爱好者。

　　叶赛宁故居是个普通的俄罗斯乡间木屋，叶赛宁就诞生在这里，因此它是整个叶赛宁故居博物馆的核心。木屋有三间房，为穿堂式结构，门前有三级木制台阶，侧面有三个窗户。一进屋是堂间，面积不大，地上堆着农家什物及家用杂物，墙上挂着镰刀和打草的大钐镰以及绳索之类，农用家具大多为木制品，表明 20 世纪初俄罗斯农民的劳动条件和生活水平。

　　从堂屋左拐是第二个房间：前半部分是叶赛宁的卧室，床很小（俄罗斯人的床都很小），上面铺的垫子简朴得有些寒酸，可以看出家境不是很好。据说，叶赛宁自从离家后，回家探亲就再没有住这个屋子，而暂住在离这个屋子不远的自家粮仓里。后半部分是壁炉，供全家取暖用。

　　再往里面走便是第三间房，那是叶赛宁父母起居生活的地方。这间房也分成两部分：前半部分是他父母的起居室，有个简易的梳妆台，显然是她母亲用的；后半部分是卧室，床同样很小，只有一米多宽。此外，卧室里再见不到什么东西。在叶赛宁家木屋的内院，如今树立着一尊高大的叶赛宁铜雕像。游人在这里都与叶赛宁合影留念，但这个雕像制作得太高，与矮小故居显得不大协调。

　　在故居小院外进门处有一株高大的杨树，据说是叶赛宁亲自栽的，但如今已枯死。倒是屋侧窗前的那颗白桦树枝繁叶茂，显示出勃发的生命，象征着诗人生命和诗作的永恒。

　　凡了解叶赛宁的生平和读过他的叙事长诗《安娜·斯涅金娜》的人，都知道利季娅·伊凡诺夫娜·卡申娜这位女性以及叶赛宁与她的那段"柏拉图式的爱情"。但对这个坐落在奥卡河畔的"带阁楼的房子"，恐怕很少有人知道其历史。这也难怪，因为这个地主庄园 1995 年才恢复原貌，重新向游人开放。

叶赛宁故居小屋院内的叶赛宁雕像

带阁楼的房子

　　"带阁楼的房子"是座白石建筑，四周绿荫环绕。房子一楼主要是佣人的房间，其中一间辟出台球室；二层小楼共有 11 个房间，是女主人卡申娜的梳妆室、书房和藏书室。从一楼上二楼有个 22 级台阶的楼梯。二楼正面的大露台对着奥卡河，露台前面是一个小花园，中心辟出花坛，两侧种着菩提树、松树、槭树和柠檬树，还有几条小路和林荫道从这个贵族官邸通向康斯坦丁诺沃的各处。夏天，丁香和茉莉花盛开，香飘四溢，阵阵浓香飘进了小楼，让在这里消夏避暑的卡申娜心旷神怡。

　　"带阁楼的房子"本来是莫斯科的百万富翁库拉科夫的庄园，他死后把它留给女儿卡申娜，于是，卡申娜成了房子的女主人。卡申娜精通几门外语，喜欢诗歌和艺术，弹得一手好钢琴，还喜欢与人交往。她每年都带着一儿一女来这里消夏，并且对康斯坦丁诺沃的居民的生活方式产生了很大的影响。因为卡申娜不但以自己的貌美让当地人回头驻足，而且她把西方文明和文化带到这个偏远的村庄。卡申娜来后，这里才出现了洗衣房、家庭教师、仆人、车夫和供骑马散步的良种马。卡申娜还排演家庭剧，搞娱乐晚会，把康斯坦丁诺沃的文化人和男女青年人吸引到自己身边。

　　1916 年，当她得知叶赛宁回家省亲，便让自己的儿子拿着一束玫瑰花送到叶赛宁家，邀请 21 岁的叶赛宁来她家看剧。对诗歌的共同爱好让卡申娜和叶赛宁建立了友谊。那天晚上，叶赛宁给卡申娜朗诵了自己在几个小时前写的一首诗《我又回到这里，待在故乡的家中》，卡申娜作为回敬给他弹奏了肖邦的钢琴曲，还即兴演唱了歌剧选段。临别时，卡申娜吻了叶赛宁的脸颊，还亲切地称他为谢廖沙。此后，尽管叶赛宁的母亲很不愿意儿子与这位贵妇人交往，但叶赛宁一直与卡申娜保持着友谊，即使在十月革命后也没有中断，一直到 1923 年，由于另一个女人进入了叶赛宁的生活他们才结束了交往。但是，卡申娜这位身披"白色披肩"的少女，是叶赛宁心中永远的"小鸽子"。为此，他创作了长诗《安娜·斯涅金娜》，把卡申娜化为诗中的女主人公。叶赛宁在诗中写道："对我而言，你（指安娜·斯涅金娜）依然像过去一样可爱／就像祖国和春天。"

在卡申娜的"阁楼"里，我们看到叶赛宁的作品被译成世界上百个国家的文字（但遗憾的是没有中文译本），还聆听了叶赛宁生前的录音，那是他在诗人科尔卓夫纪念碑落成典礼上的演说。诗人的声音高亢洪亮，好像不是从他那 168 厘米的身材、苍白的脸色和浪漫的卷发上发出来的。但博物馆工作人员嬉笑地说，别看这个俄罗斯男子个头不高，可他的魅力无穷，赢得了大他 18 岁的邓肯、大他 9 岁的卡申娜以及不少俄罗斯女人的爱情。

我们去康斯坦丁诺沃那天，叶赛宁文学创作道路博物馆对面，摆着两个简易的书摊，卖书的是一男一女，均为老者，各占一摊。那位老头看上去年纪已近 80，满脸的皱纹，佝偻着坐在那里，脸上一副倦态。我心想，这么大的年纪还坐在烈日下卖书，一定是为生活所迫。出于同情和怜悯，我走到了那个书摊前，一眼就看到一本《45年与叶赛宁同在》（《45 лет с Есениным》），这个书名立刻引起了我的注意和兴趣。

叶赛宁总共活了 30 岁，怎能与他在一起 45 年？若这是一种比喻说法，那么这个作者一定很熟悉诗人，或者与诗人有比较密切的关系。因此我便拿起书翻翻。作者是 B.阿斯塔霍夫。这时卖书的老头说："我就是本书的作者，叫阿斯塔霍夫。"我以为老头在胡说，可当我把内封的作者像与眼前的老人对照一看，发现卖书人真的是阿斯塔霍夫。看到我相信的目光，阿斯塔霍夫继续说，"我是叶赛宁故居博物馆的第一任馆长，我认识许多人！"阿斯塔霍夫接着打开书，指着书中插页波克雷什金的照片说："我在这里接待过这位空军元帅。"啊，波克雷什金，这位苏联英雄我早就知道。他是位传奇式的飞行员，在卫国战争中击落了 59 架德国飞机，成为苏联第一位三次苏联英雄称号的获得者，战后晋升为苏联空军元帅。他去世后葬在莫斯科的新圣母公墓，莫斯科俯首山的卫国战争纪念馆的光荣大厅入口处右侧，还摆放着他的胸像（另一侧的胸像是另一位三次苏联英雄柯日杜布）。阿斯塔霍夫的这番话顿时让我下定决心买这本书，我深信书中会有许多有趣的回忆和有价值的史料。也许，阿斯塔霍夫今天坐在那里还没有开张，我买了这本书他很高兴，主动给我签名留念。上面写着：

叶赛宁故乡相识留念

B.阿斯塔霍夫

2012 年 6 月 23 日

奥卡河畔叶赛宁的巨幅像

　　回到莫斯科寓所后，尽管已是晚上 10 点半，我不顾一天的疲劳，一口气读完了《45 年与叶赛宁同在》，掩卷后已经是凌晨 1 点多。这在我近 20 年的生活中还是第一次。因为我从来不熬夜，这次破了几十年的"惯例"！但这本小书确实让我对叶赛宁有了更多的了解，熬个夜值得！看完这本书，我对阿斯塔霍夫这位老人肃然起敬，因为他不但是叶赛宁故居博物馆第一任馆长，而且是位"白手起家"的建馆人。他任职期间（1965—1995），在极为艰苦的条件下，从博物馆的扩建到展品的收藏，从内部规章的制定到对外的联络，为叶赛宁故居博物馆的创建和发展做了许多工作，可谓劳苦功高，贡献重大，是这座博物馆真正的"牧首"。可是到老来，他"沦落"到摆摊卖书的地步，真让人感到心酸！

　　在《45 年与叶赛宁同在》这本书里，阿斯塔霍夫写了许多鲜为人知的事情：原来，叶赛宁的家乡人早就想开辟诗人故居博物馆，但斯大林在世时期无法实现。斯大林死后，康斯坦丁诺沃村苏维埃委员会主席伊凡·科贝金在 1953 年夏天召集了全体委员开会后做出的决定，才在叶赛宁故居的墙上挂了一个简单的木牌，上面写着："谢尔盖·亚历山大罗维奇·叶赛宁（1895—1925）诞生和居住过的地方。"可这件事却引起了一场轩然大波。当时梁赞洲的党委领导勃然大怒，他们认为这件事情是科贝金和村委会擅自做主，扬言要开除科贝金的党籍。最后《文学报》主编亚历山大·恰科夫斯基出面讲情，才算平息了这场风波。后来，在整个 50 年代后半和 60 年代初，因叶赛宁的名誉尚未完全恢复，因此叶赛宁故居博物馆迟迟不能建立。

　　叶赛宁博物馆建立后，来参观的人络绎不绝，不但有普通人，而且有不少名流。如人民艺术家 H. 罗马金、著名雕塑家 C. 科尼奥科夫、著名诗人 H. 鲁勃佐夫、K. 西蒙诺夫、苏联元帅波克雷什金以及叶赛宁的组诗《波斯抒情》的女主角沙甘奈的原型人物萨东赫特·塔里杨，等等。但最感人的是来自俄罗斯远东赤塔市的一位青年。他是身患癌症的病人，住院治疗时他得知自己很快不久人世，因此他从医院偷跑出来，先到了莫斯科，后又来到梁赞，赶上从梁赞到康斯坦丁诺沃的汽车早班班车，等来到叶赛宁国立博物馆时，他已是精疲力竭，几乎难以站立了。但他对阿斯塔霍夫说，他实现了造访叶赛宁故居的夙愿，这下子虽死无憾。阿斯塔霍夫深受这个青年人的感动，亲自领他参观了博物馆，之后把他送上去莫斯科的列车。那位青年答应，等到他回去后一定写信联系，但打那之后，阿斯塔霍夫再没有得到那位青年人的消息……

　　三次苏联英雄波克雷什金向阿斯塔霍夫讲了自己为什么一定要来叶赛宁故居博物馆。那是 1943 年春，他们的飞行大队在库班一带作战。有一天，他来到一个镇上，到处是断壁残垣，敌机轰炸后的烟火还在微微燃烧。他在一堆废墟上发现了一些像是书的东西。他以为这大概是被炸毁的图书馆留下的废墟。他用鞋尖拨开了灰堆，看到了一本早年出版的硬皮袖珍诗集。他捡起来擦掉了封面的灰尘，露出来《叶赛宁诗集》（С.А.Есенин.Стихотворения и поэмы）的字样。这是多么幸运的收获啊！他没料到在战火纷飞的战场能得到一本叶赛宁诗集。他拿回去反复阅读，还朗诵给自己飞行大队的飞行员们，可故事到此还没有结束。正是叶赛宁的诗歌让波克雷什金得到了自己的爱情。那年，他和自己的战友伊凡同时爱上了野战医院的年轻护士玛莉亚。但波克雷什金自愧弗如，因为长得不如伊凡，伊凡是美男子，且具有俄罗斯勇士般的身材。因此，波克雷什金主动退让，还把叶赛宁诗集送给伊凡，让他背会几首诗在玛莉亚面前"表现一番"，伊凡对战友的好意心领神会，很快就背会了几首并且深情地念给玛莉亚听，这一来，玛莉亚更加钟情伊凡，认为伊凡不但一表人才，而且还满腹诗才（玛莉亚以为诗是伊凡写的）。但是，伊凡不久后在一次激烈的空战中壮烈牺牲了。波克雷什金那时才向玛莉亚表白了爱情，把"满腹的心里话"讲了出来。此后，他们结为伉俪，并且形影不离，就连那次造访叶赛宁故居他们也是一起来的……

　　《45 年与叶赛宁同在》那本书里的故事很多，本可以把它们都转述出来，可不知怎么我的思绪总要回到阿斯塔霍夫那里，想着他在烈日下卖书的原因，并且他那满脸的沧桑、佝偻的形象一直在我的脑海中……

（2012 年 6 月 25 日）

参观俄罗斯抒情诗大师帕斯捷尔纳克故居

　　帕斯捷尔纳克故居博物馆在莫斯科近郊的别列杰尔金诺。15 年前，我去拜访居住在别列杰尔金诺的俄罗斯文学评论家伊戈尔·佐洛图茨基时，本想顺便参观一下帕斯捷尔纳克故居博物馆，但因天色已晚未能如愿，只与帕斯捷尔纳克故居"擦肩而过"。因此，才有了今年的这次帕斯捷尔纳克故居博物馆之行。

　　帕斯捷尔纳克故居博物馆是一座棕红色两层小楼，从远处看去它就像一艘巨轮从背后的红杉林驶出，航行在一片绿草如茵的地毯上。草地四周圈起乳白色的栅栏，白绿相映，产生出一种特殊的艺术意境。

　　我们找到了栅栏入口，沿着一条小径向那艘"巨轮"走去。小楼门口挂着一张"鲍·帕斯捷尔纳克故居博物馆"的牌子。进门后的房间不大，原来那是昔日的厨房，如今变成了博物馆售票处。向右一拐便进一个大房间，这是作家一家人的餐厅。餐厅采光很好，正面是偌大的窗户墙，窗台上摆着盆景，与户外的花草树木相呼应，构成了户内户外一个整体的"绿色世界"，让人用餐心情舒畅，胃口大开。餐桌不大，餐具也不多，带有中亚餐具的风格，餐厅里的东西整齐简洁，还有电视机和冰箱，可见作家与 20 世纪 50 年代苏联人的生活"与时俱进"。餐厅墙上挂着作家父亲的一些绘画，还有几尊雕塑与绘画相得益彰，充满艺术气氛，令人觉得餐厅不仅是用餐的地方。

　　餐厅里有一张照片尤其引人注意，是 1958 年 12 月 23 日的家庭照，帕斯捷尔纳克举办家宴庆祝妻子的生日。他手端酒杯站在那里，准备讲话祝贺妻子的生日，正在这一刻，作家科·丘科夫斯基跑来告诉帕斯捷尔纳克，说他获得了诺贝尔文学奖，以表彰他在"当代抒情诗和伟大的俄罗斯叙事文学传统领域所取得的重大成就"。这个消息让帕斯捷尔纳克一下子懵了，目光一直呆呆地盯着丘科夫斯基，一句话都说不出来……

帕斯捷尔纳克故居小楼

帕斯捷尔纳克故居的餐厅

　　本来，帕斯捷尔纳克获奖这是件大喜事，然而这件事在苏联却引起了轩然大波并掀起了一场全国性的迫害作家的运动。先是开除了帕斯捷尔纳克的苏联作家协会会籍，继而扬言要开除他的苏联国籍。一句话，对他的迫害到达了登峰造极的程度。迫于国内的高压，帕斯捷尔纳克写信给瑞典诺贝尔奖委员会，声明自己拒绝领奖。同时，他还致函苏共第一书记赫鲁晓夫，哀求别把他驱逐出苏联国境："离开祖国对于我意味着死亡。我的生命，生活和工作与俄罗斯息息相关。"后来，帕斯捷尔纳克虽未被驱逐出境，但那场迫害让作家身心备受折磨，导致了作家过早的死亡……

　　从厨房往前走，进入一个小房间，这原是这帕斯捷尔纳克妻子的琴房。1958年末，作家得了肺癌，身体状况急剧恶化，已很难上楼去自己的卧室和书房，只好把妻子的三角钢琴搬到楼上妻子的卧室，他便开始在这里起居休息，一直到去世。如今，这个房间左角摆着一张简易小床，作家就是在那张床上去世的。小桌上摆着他刚去世时的肖像，对面窗户右角墙上挂着作家死后的面膜。右面墙上还有一张照片，那是一位法国记者在帕斯捷尔纳克出殡那天（6月2日）拍摄的。从照片上看，他的众多亲友、读者和粉丝簇拥在他的棺木旁悲伤地哭泣。此外，房间里再没有什么其他的东西。

作家去世的面膜

帕斯捷尔纳克就是在这张床上去世的
（请注意床头柜上那个像台签的东西）

　　噢，还有一件东西有必要一提：床头柜上有个东西看上去像台签，写着"苏联文学基金会通告，文学基金会会员、作家鲍里斯·列昂尼多维奇·帕斯捷尔纳克久患重病医治无效，于今年 5 月 30 日去世，享年 71 岁。特向死者家属表示哀悼。"据说，这则消息当年刊登在《文学报》的一角，仅有豆腐块大小。这则消息摆在这里，显然是为了让参观者了解苏联当局对俄罗斯文学一代巨擘、诺贝尔文学奖得主逝世的态度。

　　二楼有两个房间，一个是帕斯捷尔纳克的卧室和工作室，另一间是他妻子吉娜伊达·奈加乌斯的卧室。

　　帕斯捷尔纳克的卧室和书房很大，恐怕是这个别墅里最大的房间。房间虽没有隔扇，但明显分成两部分，左半部是作家的卧室，一张简朴的床，一个衣柜，衣柜一侧挂着作家生前穿的大衣、帽子和围脖，还有一个旧书柜。进门左边摆着一双皮靴。这双皮靴很有特色，右脚靴底比左脚的要厚很多，因为帕斯捷尔纳克小时候骑马摔坏了右腿，右腿比左腿要短一截，造成终生的残疾。右半部分是作家的书房，这里的布置同样简单，一个书桌，一个书柜，墙上挂着作家父亲为列·托尔斯泰的小说《复活》等作品作的插画。帕斯捷尔纳克书房不像其他作家藏书很多，与科尔涅伊·丘科夫斯基书房里丰富的藏书形成鲜明的对照。博物馆工作人员解释了帕斯捷尔纳克藏书很少的原因：帕斯捷尔纳克没有时间看书……但作家在这个书房里完成了自己的许多诗作和长篇小说《日瓦戈医生》，还翻译了莎士比亚、歌德和席勒等人的作品。这里还是帕斯捷尔纳克的会客室，他接待了诗人阿赫玛托娃、作家丘科夫斯基、诗人叶甫图申科、沃兹涅辛斯基、钢琴家里赫特等人。

　　帕斯捷尔纳克的妻子吉娜伊达·奈加乌斯卧室的空间几乎被一架大型三角钢琴全都占去了。只是在右墙一侧摆着两张单人床，里面一张是吉娜伊达·奈加乌斯的，另一张是供来看望她的女友用的。在她的床头墙上，挂着她儿子的画像。

　　参观完帕斯捷尔纳克故居博物馆，我们又去凭吊帕斯捷尔纳克墓地。帕斯捷尔纳克死后葬入别列杰尔金诺公墓。别列杰尔金诺公墓的状况全然不能与莫斯科市内的任何公墓相比——旁边又是金碧辉煌的主显圣容大教堂和俄罗斯东正教牧首的官邸，相比之下，这座公墓更加显得荒芜凋敝，凄惨恓惶。我们只是在一位热心的俄罗斯妇女指引下，才找到了帕斯捷尔纳克下葬的地方。他的墓坐落在公墓一角，四周既没有松柏，也没有被绿树环绕。墓碑为白色石灰石，上面雕着作家脸的轮廓，不知是雕塑家故意为之，还是石灰石材料所致，作家的雕像模糊，难以辨认。我真没有料到这位蜚声世界的俄罗斯作家的墓地如此荒凉……

　　奥尔迦·伊文斯卡娅是帕斯捷尔纳克的女友，1995 年死后也葬在这个公墓，据说这是她的遗愿。伊文斯卡娅自结识了帕斯捷尔纳克后一直跟随他，为他被捕、坐牢、流产，帕斯捷尔纳克死后，她再次因他坐狱并且牵连了自己的女儿……但她义无反顾，

帕斯捷尔纳克之墓

无怨无悔，临终前还告诉家人把她下葬在别列杰尔金诺公墓，要与自己心爱的人葬在一起。她对爱情的忠贞令人佩服，让人感动。因此，我想顺便也拜谒一下伊文斯卡娅的墓，可在帕斯捷尔纳克的墓周围找了好半天，怎么也没有找到，真让人遗憾！

（2016 年 4 月 24 日）

第二篇　文化景点

俄罗斯的庞贝城

——赫尔索涅斯

　　赫尔索涅斯这座城名对于我并不陌生。20 年前，为写专著我详细地查阅了这座古城的资料，因为赫尔索涅斯与"罗斯受洗"这个历史事件密切相关。没想到时隔 20 年后，我有幸去了克里米亚的塞瓦斯托波尔，造访了赫尔索涅斯这座历史名城遗址。

　　赫尔索涅斯（希腊语的意思是"半岛"）原是克里米亚西南岸边的一座希腊古城，约在公元前 422-421 年建城，迄今已有两千五百多年的历史，是个有着深厚文化历史积淀的古都。赫尔索涅斯曾经与古希腊、古罗马和拜占庭的历史相关，是其历史的一部分。

　　早在公元前 4 世纪前后，赫尔索涅斯就迅速发展，成为古代希腊的一个手工业和商业中心；公元前 1 世纪，赫尔索涅斯在政治上从属于古罗马；公元 1 世纪，在赫尔索涅斯出现了基督教传教士，城里建立了许多教堂和修道院，成为克里米亚半岛的基督教中心；公元 5 世纪，赫尔索涅斯归入拜占庭版图，成为拜占庭在克里米亚的前哨，也是当时克里米亚的政治、经济、文化的中心；公元 13 世纪，赫尔索涅斯人又抗击过成吉思汗孙子拔都对克里米亚的入侵。总之，赫尔索涅斯因其战略位置重要，向来是兵家必争之地……

　　15 世纪中叶，赫尔索涅斯这座美丽的古城不复存在，成了地下的一片废墟。400 年后，1827 年，俄罗斯黑海舰队司令，海军上将 A. 格列伊格下令，首次开始对赫尔索涅斯遗址进行挖掘，1880 年末又开始了一次比较系统的挖掘工程。迄今为止，从这座古城遗址中挖掘出来的有：1. 赫尔索涅斯城的中央广场。它显示出公元前 5 世纪赫尔索涅斯的城市布局；2. 露天剧院。这是在独联体国家境内发现的唯一的古剧院。它修建于公元 3-4 世纪，能容纳 3000 人，供演出、聚会和庆典活动，在罗马时期还进行过斗牛表演；3. 中世纪教堂。在同一地方修建了两座教堂，即在第一座教堂的废墟上建起了第二座教堂，故被称为建在教堂上的教堂；现在，对赫尔索涅

赫尔索涅斯遗址景观

斯遗址的考古挖掘工作仍在继续进行。此外，在赫尔索涅斯古城遗址有一口赫尔索涅斯大钟。这口大钟于 1778 年用从土耳其俘获的胜利品大炮在塔甘罗格铸成。上面刻有俄罗斯水兵的保护神——圣尼古拉和圣福卡的画像。克里米亚战争后，这个大钟被英法军队作为战胜品弄到法国巴黎，1913 年归还俄国。

如今，赫尔索涅斯古城遗址在塞瓦斯托波尔市加加林区境内，是个历史考古自然保护区，属于俄罗斯联邦文化遗产并被联合国教科文组织列为世界保护遗产。

俄罗斯总统普京在 2014 年曾说过，赫尔索涅斯对于俄罗斯东正教徒，就像耶路撒冷的圣山对于伊斯兰教徒和犹太教徒一样，具有巨大的文明意义和宗教意义。普京为什么要下这样的结论？这需要了解一下基辅罗斯大公和"罗斯受洗"这个重要的历史事件。

基辅罗斯的弗拉基米尔大公是古罗斯的一位出色的国务活动家和军事家。公元972 年他父亲死后，弗拉基米尔与自己的两位哥哥开始了争夺基辅公国王位的斗争。他借助瓦兰吉亚人的军队打败了哥哥后占领基辅，成为基辅罗斯大公，从公元 980 年开始执政直到 1015 年去世。

弗拉基米尔英勇善战，敢于冒险。他登上基辅大公宝座后，首先用武力征服了波兰。公元 988 年，他为了打开通往黑海的出海口，必须占领拜占庭所属的克里米亚古城赫尔索涅斯（俄罗斯编年史里称为"赫尔松"）。当时弗拉基米尔率兵亲征，大兵压境，围城数月，久攻不下。这时候，他派自己的信使给拜占庭皇帝瓦西里二

赫尔索涅斯古城遗址

赫尔索涅斯大钟

世捎话，让后者把自己的妹妹——美女安娜交给他为妻，否则他将攻陷城门，将全城的希腊人杀绝，同时他还扬言之后要向拜占庭首都君士坦丁堡进发。瓦西里二世听后恐慌不已，同意把自己的妹妹安娜嫁给弗拉基米尔，但只有一个条件：那就是弗拉基米尔必须接受基督教……

这件事在罗斯有一个传说。当安娜得知哥哥瓦西里二世要把自己嫁给基辅罗斯大公弗拉基米尔，她悲痛欲绝，以泪洗面，因为她不愿意嫁给多神教徒弗拉基米尔，更何况还知道弗拉基米尔已经是妻妾成群。可她的哥哥告诉她，这是"上帝赋予她的一项伟大的使命"，劝她以"拜占庭"的利益为重，要为保住赫尔索涅斯城做出牺牲……在哥哥的劝说下，安娜勉强答应了，于是她带了几个神父前往弗拉基米尔的营地——赫尔索涅斯。

弗拉基米尔一心想把美女安娜弄到手，因此佯作同意加入基督教，但他并不打算真的信仰基督。他当时的主意是，一旦把安娜弄到手就变卦。可传说安娜到弗拉基米尔那里当晚，弗拉基米尔突然患眼疾，双眼红肿，疼痛难耐，且睁不开眼，什么都看不见。这时安娜对弗拉基米尔说，这是因为他这个多神教徒得罪了上帝，若皈依基督，眼疾可以顿时消除。弗拉基米尔无奈只好当晚做了洗礼。洗礼后，第二天弗拉基米尔的眼疾顿消，他深感基督有妙手回春之术，于是与安娜成婚，然后遣散家中那些"不合法妻子"，有了美女安娜，他就对其他女人不再感兴趣……当然，这只是个传说，不必当真。但弗拉基米尔接受基督教洗礼和与希腊美女安娜成亲是历史真实。

不久，弗拉基米尔大公把一批希腊神甫带回基辅，让基辅罗斯全体臣民接受基督教。弗拉基米尔还向基辅全体居民下了诏书："明天，不管富人、穷人，还是奴隶，如果不到河边去受洗，那就是与我为敌。"第二天，弗拉基米尔命令基辅居民按时集合在第聂伯河边，强迫全城男女分成两路下河做了洗礼。他仰望上天，说："创造天地的上帝基督啊！看看这些新子民吧，让他们像其他基督徒一样认识你——唯一的真神，请赐予他们真正正义的信仰；同时也请你给我力量和帮助，我将战胜魔鬼。"这就是俄罗斯历史上著名的"罗斯受洗"。即弗拉基米尔大公用行政命令手段改变罗斯人的多神教信仰，让古罗斯人信仰上帝和基督。

从此后，基辅罗斯与赫尔索涅斯结下不解之缘，也与拜占庭调整好了关系；基辅罗斯不再被西方基督教国家视为蛮族，而成为基督教大家庭的一员。

了解这段历史之后，恐怕就不难理解俄罗斯总统普京为什么如此重视赫尔索涅斯这座古城。

（2015 年 11 月 22 日）

弗拉基米尔大公雕像

赫尔索涅斯—历史的见证

064

罗曼诺夫王朝的"摇篮"
——科斯特罗马

今年，我利用俄罗斯独立日休息这几天，约几位朋友一起进行了"俄罗斯金环"小游。我们从莫斯科出发，先去了大罗斯托夫和雅罗斯拉夫尔，在那里小住一宿，第二天一早便驱车来到了科斯特罗马。

科斯特罗马是俄罗斯的一座古城（建于 1152 年），位于风光旖旎的伏尔加河畔，曾是俄罗斯的"珠宝首饰之都"，也有着"俄罗斯金环珍珠"之美称。然而，让这座城市真正闻名遐迩的，一是坐落在城里的伊帕季耶夫修道院，因为罗曼诺夫王朝在这座修道院里"诞生"，二是俄罗斯农民英雄伊凡·苏萨宁的业绩。仅这两点就让科斯特罗马成为一个旅游胜地，吸引俄罗斯和世界各国的许多游客前往。

伊帕季耶夫修道院全名叫圣三一伊帕季耶夫男修道院，是为纪念圣三一和圣徒伊帕季主教修建的。有人说伊帕季耶夫修道院是由一位名叫切特（据说是鲍里斯·戈都诺夫的曾曾祖父）的金帐汗达官贵人出资，于 1330 年修建而成；还有人认为这个修道院建成的时间可能更早，要推到 13 世纪中叶。在编年史中，伊帕季耶夫修道院在 1432 年被第一次提及。俄罗斯历史上的许多重要人物，诸如，瓦西里·雅罗斯拉夫大公、德米特里·顿斯科伊大公、伊凡雷帝、鲍里斯·戈都诺夫（他父母的公墓就在这个修道院内）等人都与这座修道院有联系。此外，在这座修道院里发现了俄罗斯最早的编年史之一——《伊帕季耶夫编年史》，因此它备受一些史学家和宗教界人士的关注。

当年，少年米哈伊尔·罗曼诺夫（1596—1645）藏在伊帕季耶夫修道院的高墙里。全俄缙绅会议代表于 1613 年 2 月 21 日推选了他为俄罗斯沙皇并于 1613 年 3 月 14 日完成了登基仪式。这个事件结束了俄罗斯历史上 15 年之久的混乱时期，开启了长达 300 多年的罗曼诺夫王朝历史。因此，伊帕季耶夫修道院被誉为罗曼诺夫王朝的摇篮。

科斯特罗马

伊帕季耶夫修道院全景

圣三一教堂

　　罗曼诺夫王朝的历代沙皇都视伊帕季耶夫修道院为自己的家族圣地，每位沙皇登基后都要造访这个修道院并且为修道院慷慨捐款。1913 年，罗曼诺夫王朝诞辰 300 周年。尼古拉二世亲自来伊帕季耶夫修道院参加庆典活动，庆祝活动的规模宏大、风光无限，似乎罗曼诺夫王朝要固若金汤、千秋万代。谁料仅过了 4 年，尼古拉二世就被撵下皇位，罗曼诺夫家族统治俄罗斯 300 多年的历史就此结束。1918 年 7 月中旬，尼古拉二世、皇后及其子女于还被灭门，被血洗在叶卡捷琳堡城的伊帕季耶夫寓所。如今，罗曼诺夫王朝早已变为历史的记忆，然而罗曼诺夫王朝的"摇篮"伊帕季耶夫修道院依旧是那段历史的见证。

　　从建筑学上看，伊帕季耶夫修道院是 16 世纪古罗斯城堡建筑的范例。这座修道院由"旧城"和"新城"构成。"旧城"形状为不规则的五角形。其建筑结构中心是五圆顶的圣三一教堂。圣三一大教堂是修道院里典型的俄式教堂建筑，教堂主体用墙带隔成上下两层，五颗圆弧顶坐落在上层的圆鼓顶上。金色的圆弧顶，白色的墙壁与暗绿的门廊顶相得益彰，在蓝天白云的背景下显得十分壮观。圣三一大教堂内部的壁画在绘画技法、构图和情节上都显示出那个时代的壁画艺术水平，成为 17 世纪后半叶俄罗斯壁画艺术的珍品。

　　此外，修道院里还有钟楼、高级僧侣楼（圣大门和大门上的教堂）、罗曼诺夫大贵族邸宅、修道院教务长楼、进餐楼、烛光楼和老城城墙、塔楼等建筑物。

　　罗曼诺夫大贵族邸宅是一个二层的世俗建筑，中央台阶一直通向正门。一条白色的墙带隔开上、下两层，下层外墙为橘红色，上层外墙贴满由橘色和绿色组成的花格图案，给人以华美之感。这座昔日贵族的邸宅如今变成罗曼诺夫王朝展馆，展出历代沙皇及皇室成员的肖像、他们的起居用品和一些历史文献。俄罗斯的三任总统叶利钦、梅德韦杰夫和普京均去过伊帕季耶夫修道院并在留言里高度赞扬伊帕季耶夫修道院在俄罗斯历史上的重要作用。确实，伊帕季耶夫修道院在14-15世纪曾经是俄罗斯的前哨阵地，为保卫俄罗斯的东北边界立下汗马功劳。到16世纪末，伊帕季耶夫修道院在俄罗斯的政治和宗教的历史上还占有一席特殊的地位。

　　另外，去到科斯特罗马城，就不能不瞻仰一下伊凡·苏萨宁纪念碑。

　　有一个不可否认的事实是，苏萨宁死后受到了历代沙皇的青睐。因为他们认为苏萨宁是为拯救罗曼诺夫王朝的首任沙皇米哈伊尔而死的：少年米哈伊尔·罗曼诺

罗曼诺夫王朝贵族官邸

普京和梅德韦杰夫的留言

夫被选为沙皇后，与母亲玛尔法住在自己在科斯特罗马的领地多姆尼诺村。得知这个信息后，波兰－立陶宛军队要去多姆尼诺村抓捕新选出来的沙皇米哈伊尔。他们在离多姆尼诺村不远的地方遇见了农民苏萨宁并让他带路。苏萨宁佯作答应，但他及时让自己的女婿通知沙皇米哈伊尔即将到来的危险，自己把波兰－立陶宛敌人带向了深山密林。波兰－立陶宛人得知上了当，便严刑拷打苏萨宁，可他宁死不屈，最后被敌人分尸后抛到池塘里。

　　正因如此，历代沙皇都对苏萨宁深表感激。1619 年 11 月 30 日，沙皇米哈伊尔·罗曼诺夫下达诏书，赏给苏萨宁的女婿鲍戈丹·萨比宁半个村庄；1767 年，叶卡捷琳娜二世造访科斯特罗马，开始正式纪念苏萨宁这位罗曼诺夫王朝的救命恩人；尼古拉一世对苏萨宁更是推崇备至，认为苏萨宁的业绩符合"东正教、专制制度和民粹精神"。他下令把科斯特罗马的中心广场改为苏萨宁广场，并且为苏萨宁竖立纪念碑。但这个纪念碑以沙皇米哈伊尔雕像为主，苏萨宁只是跪在他脚下的仆人。

　　苏萨宁的英雄业绩在民间广为流传。1836 年，俄罗斯作曲家格林卡以苏萨宁的事迹写了一部歌剧《为沙皇而死》，沙皇尼古拉一世亲自出席了首演式……

　　正因苏萨宁受到历代沙皇的青睐，所以苏萨宁在十月革命后就进入了"沙皇奴仆"的黑名单。苏联史学界有人认为苏萨宁所谓的英勇精神、自我牺牲和爱国主义是人造的神话。1934年，苏萨宁广场上的米哈伊尔的胸像和跪着的苏萨宁的组雕被彻底毁掉，格林卡的歌剧《为沙皇而死》被禁演……

　　然而，在苏维埃时期还有一种观点认为，苏萨宁是为国捐躯的，是一位俄罗斯的农民英雄。情况是这样的：1612年，俄罗斯军民虽然把大批波兰入侵军赶出俄罗斯境内，但其部分残余仍在俄罗斯大地上流窜，企图夺取俄罗斯首都莫斯科。有一天，一小撮波兰入侵者窜到科斯特罗马农民苏萨宁居住的多姆尼诺村，威逼村民给他们带路去莫斯科，否则要对村民下毒手。为了拯救乡亲的性命，苏萨宁面对敌人的威逼挺身而出。他佯装答应给波兰人带路，但心中想的是把敌人引到荒芜人迹的密林，之后与敌人同归于尽……

　　这种观点拯救了苏萨宁。1938年，苏萨宁被平反，恢复了他为国牺牲的英雄名誉。格林卡的歌剧《为沙皇而死》改名为《伊凡·苏萨宁》，重新上演。

苏萨宁被害图画

如今，苏萨宁雕像纪念碑（雕塑家 H. 拉温斯基 1967 年创作）屹立在苏萨宁广场上，表明俄罗斯对这位农民英雄的肯定。纪念碑为白色石灰岩基座，上面镌刻着"伊凡·苏萨宁——俄罗斯大地的爱国者"字样，基座上立着苏萨宁的全身雕像，在蓝天白云的映衬下显得更加伟岸，高大。我站在这尊雕像前，久久地仰望着这位俄罗斯农民英雄，脑海里一一掠过他的英雄业绩，耳边还仿佛响起了歌剧《伊凡·苏萨宁》中的唱段：

> 我不怕威胁，我不怕死，
> 宁愿为神圣的罗斯死去。
> ············
> 我履行了自己的职责。
> 大地母亲，请收下我的遗骨！

（2016 年 8 月 1 日）

苏萨宁雕像

雅尔塔会议旧址

——里瓦迪亚皇宫

　　中学上历史课我们就知道了 1945 年 2 月的雅尔塔会议，还看过一张罗斯福、丘吉尔和斯大林的合影。随着岁月推移，会议内容已经淡忘，但那张合影却深深镌刻在记忆之中。每当提到雅尔塔会议，脑海里首先映出的是美英苏三巨头形象。因此，这次克里米亚之行一定要参观一下雅尔塔会议的旧址里瓦迪亚宫。

　　里瓦迪亚宫因里瓦迪亚这个地方得名，希腊语是"空地，小草地"的意思。公元 10 世纪末，这里曾有过一座拜占庭圣约翰修道院。1834 年，波兰大地主列夫·波托茨基买下了这块地产，里瓦迪亚从 1861 年变成了沙皇亚历山大三世（1845—1894）的领地。亚历山大三世随后下令在此建造了大、小皇宫各一座，统称里瓦迪亚皇宫，供他和皇室成员到此消夏。1894 年，亚历山大三世病死在里瓦迪亚宫，其子尼古拉在当地宣布继位，皇号尼古拉二世。

　　今日的白色里瓦迪亚宫是末代沙皇尼古拉二世在雅尔塔的夏季行宫，是拆掉沙皇亚历山大三世在位时修建的旧里瓦迪亚宫重新设计修建的。

　　这座皇宫坐落在通向黑海的斜坡上，沐浴着来自四面的阳光，镶嵌在绿树成荫的大自然中，与邻近的沃龙佐夫宫相映成辉，堪称克里米亚半岛南岸上意大利古典建筑风格的一个杰作。1993 年，里瓦迪亚宫辟为历史博物馆，它以独具一格的建筑造型、美轮美奂的意大利花园和风景旖旎的园林吸引着无数游客，还有不少俄罗斯文化名人前来观光。俄罗斯作家高尔基、契诃夫、诗人马雅可夫斯基、戏剧理论家和导演斯坦尼斯拉夫斯基等人曾在此留下自己的足迹。2015 年 9 月，俄罗斯总统普京和他的好友意大利前总理贝卢斯科尼也来过这里休假。此外，许多电影导演对里瓦迪亚皇宫情有独钟，宫内的意大利花园更是他们拍摄镜头的首选。《奥赛罗》《牛虻》《第十二夜》和《安娜·卡列尼娜》等著名的苏联影片中的一些场景就是在这里拍摄的。

斯大林、丘吉尔和罗斯福三巨头雕像

里瓦迪亚宫外观

意大利花园

　　重新修建里瓦迪亚宫是沙皇尼古拉二世的意旨。1909 年 10 月，尼古拉二世在访意期间大开眼界，意大利文艺复兴时期的建筑令他尤感兴趣和赞叹。回国后，他决定在里瓦迪亚修建一座意大利古典建筑风格的皇宫。为此，他不惜耗资 4 百万金卢布，亲自选定设计师尼·克拉斯诺夫，还经常把后者请到里瓦迪亚宫，一起讨论设计方案和内部装饰。这个皇宫有 116 个房间，一个意大利式内花园和 3 个阿拉伯式小内院。尼古拉二世还要求皇宫要具有"现代化"设备，电灯、电话、电梯、上下水、中央供暖等现代化设备（我们在参观时确实看到了一部电梯）和车库等必不可少。宫殿工程进行得异常艰难，但建筑师克拉斯诺夫将之逐一化解。里瓦迪亚宫于 1911 年建成了。

　　尼古拉二世对新建的里瓦迪亚宫赞叹不已。他代表皇室全体人员对建筑师克拉斯诺夫说："我们有了这样一座宫殿，高兴和满意之情难以言表。这个宫殿建造得十分合乎我们的心愿。克拉斯诺夫是好样的！"尼古拉二世没有亏待克拉斯诺夫，他授予克拉斯诺夫皇家建筑师称号，1913 年克拉斯诺夫还被选为彼得堡艺术院院士。如今，雅尔塔人还记得克拉斯诺夫的业绩，2015 年 10 月，尼·克拉斯诺夫的全身雕像竖立在雅尔塔市中心广场上。

　　里瓦迪亚皇宫的展馆布局分两部分：一部分展示 1945 年 2 月雅尔塔会议的历史；另一部分介绍沙皇尼古拉二世皇室在此生活的状况。

　　1945 年 2 月 4 至 11 日，雅尔塔会议在里瓦迪亚皇宫召开。美、英、苏三国领导人从辛姆菲罗波尔驱车来到雅尔塔。斯大林下榻尤素波夫宫，英国首相丘吉尔住进沃龙佐夫宫，而美国总统罗斯福及其代表团被安排在里瓦迪亚皇宫。罗斯福之所以被安排在这里，是为了照顾他腿有残疾，行动不便。据说，罗斯福看好了里瓦迪亚宫及周边环境，会议结束后他曾表示自己总统任期到届后，希望来雅尔塔的里瓦迪亚宫养老。遗憾的是，雅尔塔会议结束两个月后，这位连任四届的美国总统便与世长辞。

那天，我们在讲解员瓦莲金娜的引领下，走进里瓦迪亚皇宫一楼，最先来到一个大厅。这里曾经是皇宫的前厅。厅内左侧摆着一张偌大的圆桌，那是斯大林、罗斯福和丘吉尔以及随从官员会前就座的地方。右侧是一组蜡像，丘吉尔、斯大林和罗斯福正襟危坐在那里。可能这是苏联艺术家制作的蜡像作品，为了突出斯大林，打乱了当时合影排坐的位置，显然违背了历史的真实。在蜡像背后墙上挂着两个装框照片，上面一个是当年三巨头坐在圆桌时拍摄的，下面一张是雅尔塔会议开会的照片。

这面墙左右两侧各有一门。穿过门后，面前便呈现出一个大厅，名为白色大厅，这可能与整个大厅的天花板和墙壁是白色有关。正面墙中间有个偌大的壁炉（纯粹是装饰，因为宫内有中央供暖设备），两侧悬挂着沙皇尼古拉二世和皇后的巨幅画像。大厅的花边吊顶甚高，落地窗口很大，采光极佳。地板上铺着整块紫红色地毯，

雅尔塔会议室

与白色墙壁相映，显得庄重大方，恰为举办重要会议的气氛所需。如今在大厅进门一侧展台上摆着当年开会的一些照片，可以看到苏联外交部长莫洛托夫、英国外交大臣艾登和美国国务卿斯退丁纽斯等要员当年的风采。

走出白色大厅，进入一个四壁镶着红木墙裙的房间，这是当年沙皇的接待室，在雅尔塔会议期间临时作为罗斯福的办公室。据说，当年罗斯福在这里与斯大林进行了单独的会见，如今他俩会见的照片就挂在正面墙上。室内几乎没有什么家具，显得有些空荡。有个简易的双人沙发，办公桌和小圆桌上分别摆着两部电话。正是在这个房间里，斯大林与罗斯福商讨了苏联向日本宣战、出兵中国东北等问题，此后他们才与丘吉尔共同签订了苏美英三国关于远东问题的协议（即雅尔塔协议）。

下一个房间原本是沙皇的正式接待室，会议期间是罗斯福的卧室。这个房间里壁炉、大穿衣镜、衣柜等家具应有尽有。如今，罗斯福总统在任时的一些工作照挂在两侧墙上，参观者可以了解这位美国总统的政绩。这个房屋的面积很大，再加上天花板很高，不知当年罗斯福住在这个偌大的房间感觉如何？

从这个房间侧门走出去就进入沙皇的台球室，会议期间临时为罗斯福总统的餐厅。侧面墙前衣架上十分显眼地挂着两套西装，那是苏联外交官当年的礼服。靠墙一面摆着一条长桌，两侧摆满椅子。据说，雅尔塔宣言就是在这张桌子上签订的。三国领导人签字顺序按照英文字母排列顺序，罗斯福在先，丘吉尔其次，斯大林最后。签字后，罗斯福在这里设早宴招待斯大林和丘吉尔以及其他与会代表，共同庆祝雅尔塔会议圆满结束。早宴后，服务员把三把椅子从这个房间搬到户外的意大利花园，丘吉尔、罗斯福和斯大林并排而坐，留下了那张珍贵的、具有历史意义的照片。

二楼是沙皇尼古拉二世一家生活起居的场所，有尼古拉二世的办公室、卧室、皇后内室、小餐厅、家庭藏书室和孩子们的教室，等等。讲解员介绍说，尼古拉二世是个有文化、有教养和事业心的沙皇。他从彼得堡到这里度假依然不忘国事，每

罗斯福在会议期间的卧室

沙皇尼古拉二世的办公室

天去办公室办公，不时地与彼得堡联络。此外，皇室的业余生活很有文化内涵，这从家庭藏书室的藏书、内室的钢琴和留声机可以看出。孩子们的教室更能说明沙皇和皇后对孩子教育的重视。教师在教室里不但讲课，教孩子们画画，做手工，还把他们的绘画作品和手工织物展览在那里……总之，这里的一切给参观者的印象是，沙皇尼古拉二世一家过着人世间的生活，也像普通人家一样。

我停在皇后内室，久久地看着挂着墙上的那张沙皇尼古拉二世的全家福，5个孩子依偎在父母身边，让人看着都感到温馨，他们是多么幸福啊！谁都没有料到，1918年全家人会无一幸免地惨死于叶卡捷琳堡……这不禁让人感慨那段著名的话："革命就是暴动，是一个阶级消灭另一个阶级的行动。"

2015年5月19日，里瓦迪亚宫正门对面摆放了尼古拉二世的胸像，这是近年来增加的唯一纪念碑，作为对俄罗斯末代沙皇的纪念。

时光流逝，斗转星移。在克里米亚这块土地上发生着社会的变迁、政权的更迭。但美丽的白石里瓦迪亚宫像1911年落成后一样，一如既往地接待着来自俄罗斯和世界各地的游客。

在雅尔塔短暂的三天里，我们得以参观里瓦迪亚皇宫是个意外的惊喜。因为我们计划11月16日去那里，但忘记了那天博物馆不上班（星期一闭馆）。我为此深感遗憾，原以为要带着这个遗憾离开雅尔塔，没料到经过与管理人员疏通，那天下午里瓦迪亚皇宫专门为我们一行开放，而且还叫来讲解员。我们参观了俄罗斯末代沙皇在雅尔塔的夏宫，看到俄罗斯皇室的生活环境和氛围，又知道了关于雅尔塔会议的许多史料，因此感到十分幸运，真不虚此行！

（2015年11月21日）

一座城堡式建筑

——沃龙佐夫宫

　　俄罗斯著名的国务活动家米·沃龙佐夫伯爵的名字我最初是从普希金生平中知道的。19世纪20年代初，普希金因写了三首反对沙皇专制制度的公民诗激怒了沙皇亚历山大一世，而被流放到俄罗斯南方高加索一带。1823-1824年，普希金在敖德萨期间与沃龙佐夫伯爵相识。当时，普希金是流放者，而沃龙佐夫是新罗西斯克和比萨拉比亚总督，他还受沙皇指令监督普希金的行动。普希金经常去沃龙佐夫家中做客，沃龙佐夫起初对普希金不错，因为赏识诗人的才华并同情他被流放的命运。可后来普希金对沃龙佐夫指手画脚，还写讽刺诗讥笑沃龙佐夫的傲慢、阿谀奉承和英国绅士派头。沃龙佐夫很恼火，并渐渐疏远了与普希金的关系。更甚的是，普希金这位猎艳好手竟然向他的妻子叶丽扎维塔大献殷勤，给她写了不少献诗（如《被焚烧的信》《阴雨天走了》《渴望荣誉》《护身符》和《永别》等），给她画了许多肖像，还与她勾搭成奸（传言叶丽扎维塔在1825年3月生下的女儿索菲亚就是普希金与她的孩子），弄出了轰动一时的绯闻。沃龙佐夫羞愤难耐，只好提笔禀告沙皇。沙皇亚历山大一世见信后立即把普希金从敖德萨调走，流放到普斯科夫省荒僻的米哈伊洛夫斯科耶。简言之，我是从普希金与沃龙佐夫妻子的一段绯闻中第一次知道了米·沃龙佐夫这个人物。

　　这次克里米亚之行，参观沃龙佐夫宫本来就在计划之中，国内一位友人得知我到了克里米亚，还专门发微信给我，建议我一定要参观一下这座宫殿，并且希望参观后写个博客。他的热情令我感动，因此我16日一早就从雅尔塔乘车前往阿鲁普加，约20分钟后就到了沃龙佐夫宫门口。

　　沃龙佐夫宫位于艾-彼特里山脚下阿鲁普加小城内，是一座园林宫殿建筑综合体。我们的参观先从园林开始。园林的面积非常大（36万多平方米），且不像莫斯

沃龙佐夫公爵肖像

科的库斯科沃、查里津诺和科洛缅斯科耶的贵族庄园那样有大片开阔的草地，这个园林布局紧凑，树木花草与建筑物之间的间隔较小，具有欧式园林的布局风格。园内的花草种类繁多（仅玫瑰花就有 200 多种），也有不少奇花异草，绿色的草毯分外显得妖娆；林园里不但有从俄罗斯和欧洲移植来的许多树木，还有从遥远的南美智利运来的一棵阿劳乌卡利亚松树（由于这颗名树珍贵，所以用铁网围了起来）。遗憾的是，我们来这里已是晚秋，无法一睹万紫千红、鲜花怒放的花海，也欣赏不到郁郁葱葱、绿树成荫的园景。但这里的小桥流水、湖光倒影、挺拔的白桦和蜿蜒的小路也构成一幅幅迤逦的景观，让我目不暇接，所看到的一切已令我心满意足。此外，园内辉绿岩石比比皆是，与坐落在绿荫中的宫殿建筑色调一致，构成了这座花园的另一道风景。尤其令我兴趣的是，在艾－彼特里山区地震时，有些巨石从山上滚下摔成两半立在园中，被聪明的园林师辟为小路的通道，显得分外有创意，于是我想这位园林师一定是位不凡之辈。果不其然，原来沃龙佐夫宫园林的设计者正是大名鼎鼎的德国园艺学家卡尔·凯巴赫（1799—1851）。

　　由于是阴天，所以我们没有耗费过多的时间参观园林，很快就奔向沃龙佐夫宫。

　　沃龙佐夫宫是按照新型的建筑理念设计的一座哥特式建筑。它的外观与其说像

巨石劈开的小径

一个宫殿，莫如说更像一座中世纪城堡，让人想到莎士比亚笔下的英国古城堡。这座宫殿全部由附近采集的辉绿石建成，其灰色外观与园林里的辉绿石协调一致，哥特式烟柱更是与远处的艾－彼特里山峰遥相呼应，有机地嵌入阿鲁普加周围的风景中，外加沃龙佐夫宫建筑带有俄罗斯和阿拉伯建筑的某些成分，具有一种浪漫、神秘和童话般的色彩。

从宫殿北门进入，一条长走廊横在面前。走廊左面尽头是沃龙佐夫家族的私人藏书室。沃龙佐夫的父亲喜爱读书，他的藏书室被认为是俄罗斯最大的私人藏书室之一。沃龙佐夫继承了父亲和叔叔的大部分藏书，自己从青年时代也开始收藏各种书籍，据说，他在第比利斯、敖德萨和彼得堡均有私人藏书室，但迄今保留下来的只在沃龙佐夫宫的这一座。我本想进去看看那里的藏书，领略一下俄罗斯最大的私人藏书馆的壮观。但管理人员说这个藏书馆不对游人开放，我只好作罢。

走廊墙上挂着沃龙佐夫宫的设计师爱德华·布劳尔的肖像以及他设计的一些草图。爱德华·布劳尔本人没有到过阿鲁普加，却对这里的地形地貌了如指掌，他的设计草图是由他的几位弟子拿到克里米亚的。沃龙佐夫宫的建筑工程分几个阶段进行。1830 年开始了最初的建筑工程——餐厅，随后宫殿的主体部分、台球室、会客厅、东厢房和塔楼陆续建成，1846 年最后落成了宫殿的图书馆。

爱·布劳尔肖像

沃龙佐夫宫外景

园林里的小路

　　随后，我们进入了蓝色会客厅。厅里最显眼的是正面墙上悬挂的沃龙佐夫（1782–1856）的戎装全身像。画像上的沃龙佐夫神采奕奕、英俊潇洒、踌躇满志、一身豪气。看着他的肖像我心想，这样一位英豪怎么会让普希金给戴上"绿帽子"？

　　沃龙佐夫出身于彼得堡的世袭贵族家庭。他父亲是俄罗斯驻英国大使，母亲是叶卡捷琳娜二世的教女。他曾经在英国学习，19 岁回国后开始了军旅生涯。沃龙佐夫在 1812 年卫国战争中屡立战功，深受沙皇厚爱，后升为陆军元帅。他获得包括圣安娜勋章、圣弗拉基米尔勋章、圣乔治勋章、圣亚历山大·涅夫斯基勋章在内的各种军功章。此外，他还是普鲁士、瑞典、奥地利、法国、英国和希腊等国的勋章和奖章的得主。

　　沃龙佐夫头脑聪颖，目标专一；广闻博见，办事认真；为人朴实，平易近人，深受下属和士兵的爱戴。他在任新罗西斯克和比萨拉比亚省的总督期间，积极指导这里的农业栽培、畜牧发展、葡萄酿酒、道路建设、宫殿修建和森林采伐等工作。沃龙佐夫还在敖德萨修路、盖楼、建码头和灯塔，办学校，开辟博物馆和图书馆，他当政时期被敖德萨人誉为当地的"黄金时代"。在民间流传这样的顺口溜："上帝高，沙皇远，沃龙佐夫近……"看来，沃龙佐夫全然不像普希金笔下的那个"一半是富翁，一半是商人；一半是智者，一半是傻瓜"。

　　1945 年 2 月雅尔塔会议期间，英国首相丘吉尔就下榻这座宫殿里。当时，这个厅里的家具因战争全部运到大后方，为举办雅尔塔会议，临时从莫斯科和彼得堡拉来一些家具，以备丘吉尔使用。

　　印花布厅因墙上壁纸像印花布而得名。这个房间挂着沃龙佐夫的妻子叶丽扎维塔的画像，我猜想这应是她的内室。叶丽扎维塔·沃龙佐娃（1792—1880）出身于俄罗斯宫廷显贵家庭，她受过良好的家庭教育，喜爱文学戏剧，有音乐天赋，弹得一手好钢琴和管风琴。叶丽扎维塔虽非美女，但很善于博得男子的欢心，她身边总簇拥着一大群男性崇拜者。1819 年初，叶丽扎维塔与母亲去巴黎旅游，在那里认识了陆军中将沃龙佐夫伯爵，几个月后便在巴黎举行了婚礼。婚后，叶丽扎维塔与几名男子有染，普希金只是其中的一位。他俩的关系维持了仅仅一年，但她对普希金的感情很深。普希金离开敖德萨的时候，叶丽扎维塔赠给他一只手镯。分手后，叶丽扎维塔几乎每天都阅读普希金的作品，直到老年都保存着对诗人温馨的回忆……

　　冬日花园厅是沃龙佐夫宫内一个最具有浪漫色彩的大厅。厅里长着各种全年常青的植物。在绿树丛中有几尊白色大理石雕塑，彰显出主人的文化品位和审美取向。据说，苏联影片《红帆》《哈姆雷特》《星期四雨后》和《天上的飞燕》的一些场景就曾经在这个厅里拍摄。

印花布大厅

冬日花园厅

沃龙佐夫宫依山傍海

　　大餐厅是沃龙佐夫和家人在这里用餐和招待亲朋好友的场所，它好像中世纪英国城堡里的骑士厅。屋里装饰着法国风景画家罗伯特·尤贝尔（1733—1808）的四幅大型画作，此外，还有一些根雕。

　　最后参观的是台球室。在18—19世纪的俄罗斯上流社会里，贵族庄园或官邸里必备台球室，因为打台球是一种时尚，贵族们靠打台球、开舞会、玩纸牌消磨时光。

　　我们从沃龙佐夫宫的南门出来，宽阔而平静的黑海顿时呈现在我们面前，多么令人迷醉的景色啊！我再次感叹这座宫殿的选址，这才是真正的依山傍海！顺台阶而下向船坞走去，沿途看到两头巨大的白色大理石狮子卧在那里，仿佛两个威武的武士在镇守宫殿，以保其千秋万代。俄罗斯伯爵沃龙佐夫绝不会料到，他自己苦心营造的宫殿在他死后会落入他人之手，更想不到他的私人财产会被国有化！好在如今沃龙佐夫宫已成为一座宫殿博物馆，对世界各地的游人开放，我作为游客也沾了光，一睹其旖旎妙曼的风采！

（2015年11月24日）

台球室

沃龙佐夫宫面对黑海的门

燕窝堡

——克里米亚南岸的一颗明珠

    克里米亚半岛南海岸的一个悬崖峭壁上，屹立着一座外观精美的哥特式建筑风格的城堡，它高耸于海平面之上 40 米，仿佛浮现在大海与蓝天之间，其外观有中世纪古堡的特色，带有浪漫而魔幻的成分，从老远就吸引着游人的目光，还似乎令人堕入童话般的仙境……当地人指给我说，这就是克里米亚半岛的象征——燕窝堡。

    我顿时回想起来，2014 年观看俄罗斯电视台播放克里米亚回归俄罗斯的消息时，电视屏幕频频显示一个坐落在悬崖峭壁的城堡，我当时虽不知那就是燕窝堡，但觉

燕窝堡

艾瓦佐夫斯基的油画：《塔。沉船》，1847

得这个建筑物给人一种美轮美奂、飘飘欲仙的感觉！心想将来有机会一定去看看。这次克里米亚之行圆了这个梦。

　　早在 19 世纪，坐落在黑海畔悬崖峭壁上的燕窝堡就令许多人折服。俄罗斯画家 И. 艾瓦佐夫斯基、Л. 拉戈里奥和 А. 米留科夫等人就用自己的画笔描绘出这个让人浮想联翩的建筑奇观。如今，燕窝堡不但是克里米亚的一张名片，以其独特的景观让成千上万的游客想目睹这颗珍珠的风采，而且也使得加斯普拉这个小镇闻名世界——因为燕窝堡就在加斯普拉镇（希腊语为"白色的镇子"）境内的艾－托多尔（希腊语为"圣费多尔"）海角的阿芙乐尔峭壁上。

我们这次克里米亚之行有幸登上阿芙乐尔峭壁，亲眼目睹了燕窝堡之美，让自己的视觉不再滞留于电视画面上。

在当地关于燕窝堡有过不少的传说。相传有位勇敢而残酷的骑手为了消遣逗乐，蒙住马的双眼，扬鞭策马从 40 米高的悬崖跳下……马落在海里摔死，可他自己却幸存下来，巧妙偷生游上海岸，向观看者鞠躬领赏。过一些时候，他又买一匹马开始新一轮的冒险。

20 世纪初，有些大胆男子为了显示自己的本领或者博得女性的芳心，也曾站在燕窝堡临海一面纵身一跃进入波涛汹涌的大海……但很少有人能够安然无恙地返回地面。据说，有个雅尔塔青年与老婆吵架后来到燕窝堡，他像燕子一样伸开双臂跳了下去，由于他是雅尔塔人，水性很好，再加上他是燕子式入海，因此毫无损伤。观看的人们像欢迎英雄一样，纷纷拍照留下他游上岸的"英姿"……之后，还有一些大胆的年轻人做这种冒险游戏，但少有人生还。从那以后，当局决定把燕窝堡临海一面用铁网封起来，以防再出现类似的人生悲剧。

燕窝堡的真实历史可能让人更感兴趣。1783 年，叶卡捷琳娜二世把克里米亚划入俄罗斯版图，随后，克里米亚成为俄罗斯消夏的胜地，俄罗斯的不少达官贵人开始在克里米亚南海岸购买土地，修建官邸和开辟林园。因为克里米亚确实是个风景秀丽、气候宜人、适于消夏和疗养的地方。那时候，当局还要给这里的城镇、山川、悬崖峭壁起一些有文化内涵的、与古希腊罗马神话诸神有关的名字。比如，燕窝堡坐落的这个峭壁之所以命名为阿芙乐尔，就是取名古罗马的朝霞女神，这恐怕与人们在这里迎接朝霞有关。

在如今燕窝堡的这个地方，最早是一位参加过 1877-1878 年俄土战争的退役俄军将军修建的一座木别墅。他把自己的别墅起名为"爱之城堡"。这里的"爱"是什么意思？是爱迷人的自然景色，还是爱这块美丽的土地？是爱心中美好的理想，还是自己心爱的女人？这一切都无从考察。他在这里建别墅是他怀念关于阿芙乐尔的古罗马传说，还是惋惜从这个峭壁的巨石狭缝中长出来的那颗古树？这也无法弄清楚。但他敢于在这样一块峭壁上修建"爱之城堡"，这一艰难之举本身就可以说明他的胆略，也引起了人们的种种联想和退思。据说，在整个施工期间，那位将军每天登山监工，要求准确地完成他的建筑构思。

雅尔塔的里瓦迪亚皇宫的御医 A. 托宾是这座别墅的第二位主人。托宾死后，他的遗孀把老别墅拆掉，修建了一座新城堡，起名为燕窝堡，这个名字保留至今。

如今人们看到的燕窝堡是德国石油富商斯坦黑尔男爵撤掉老建筑重新修建的。斯坦黑尔男爵喜欢在克里米亚休假，故在阿芙乐尔峭壁上买了块地并决定在峭壁上

燕窝堡

建一座别墅。但他不忘自己家乡莱茵河畔的中世纪城堡，因此建起了一座酷似中世纪风格的、富有浪漫色彩的城堡。斯坦黑尔不惜钱财，还专门从莫斯科请来了著名的建筑师和雕塑家 Л. 舍尔伍德（1871—1954）……

1912 年，这座具有哥特建筑风格的袖珍城堡落成了。燕窝堡 12 米高，分上下两层，坐落在一块长 20 米、宽 10 米的基座上。内有前室、客厅和两间卧室，旁边还辟出一个小花园。从建筑学上看，燕窝堡并非完美无瑕，但从艺术造型来看，一座面临大海的古城堡仿佛悬在空中，仅此一点就令人为之赞叹。

第一次世界大战爆发后，德国男爵斯坦黑尔不得不离开俄罗斯，于是把燕窝堡卖给了莫斯科商人和慈善家巴·舍拉普京开做饭店。后来，燕窝堡又几易其主，几乎变为一个荒置的建筑。1927 年克里米亚发生 6-7 级大地震，燕窝堡下的峭壁开裂，部分地基落入大海，燕窝堡前的观景台也悬在半空中，可燕窝堡本身无大损坏。

1960 年，当地的苏维埃政权对燕窝堡进行了大型维修，基座改为钢筋水泥板，建筑物本身也进行了加固，成为如今的样子。2002 年，燕窝堡重新对游客开放。

如今，克里米亚文化遗产保护委员会制定了保护这个建筑文化遗产的一系列方案，要让这个建筑文物获得高尚的文化品位，使得燕窝堡成为爱好和崇尚文化艺术的人们的场所，吸引更多的国内外游客。

（2015 年 11 月 20 日）

莫斯科绘画艺术的袖珍殿堂

——俄罗斯画家格拉祖诺夫及其画廊

　　我知道伊利亚·格拉祖诺夫这位俄罗斯画家。撰写《俄罗斯艺术史》（2000 年）一书在介绍俄罗斯当代绘画艺术时，我提到了格拉祖诺夫，还把他的画作《20 世纪神秘剧》选入书的插图。2008 年来莫斯科后，俄罗斯导演斯皮瓦克曾建议我参观格拉祖诺夫画廊，但由于种种原因一直未能实现。2016 年初我去了这个画廊。俄罗斯谚语说得好，"晚做总比不做强嘛！"

　　我走进画廊的一楼大厅，就被几幅气势恢弘的巨幅画作震撼了！

　　最先看到的是巨幅画《永恒的俄罗斯》，我一边端详画面上的每个历史人物，一边琢磨着画家怎样用寓意的方法描绘出上千年的俄罗斯历史。

　　《永恒的俄罗斯》（3×6 米，1988 年）原名叫《一万年》。这是画家为了纪念罗斯受洗千年创作的一幅历史题材画。罗斯受洗就是俄罗斯接受基督教，因此，基督受难像置于画面的中心，表明俄罗斯千年来的基督信仰。画面上，一支浩浩荡荡的宗教游行队伍从克里姆林宫走出来，最前面的是一些东正教圣者、国务活动家、社会活动家、军事将领、作家、画家、学者和作曲家等人，他们构成了俄罗斯历史的辉煌，并在俄罗斯跻身于世界强国之林的过程中起过重要的作用。画面深处是君士坦丁堡的索菲亚大教堂和基辅的索菲亚大教堂，似乎寓意这支宗教游行队伍的文化历史源头。实际上，这幅画描绘的不仅是罗斯受洗的千年历史，其寓意还要深远，能追溯到俄罗斯的多神教时代，因为画面左侧有多神教神像的倒塌，这表明俄罗斯告别多神教的历史……画面上，还有斯大林和托洛茨基乘坐战车的情节，寓意布尔什维克政权的曾经存在……总之，受难的基督像，众多的历史人物，形态各异的建筑，各种标语口号和渲染时代的背景让人联想为一部上千年的俄罗斯历史，这正是画家格拉祖诺夫的创作构思所在。

油画：《永恒的俄罗斯》

　　《20 世纪神秘剧》（3×8 米，1988 年）是另一幅大型画作。这幅画之所以叫神秘剧，是因为画家格拉祖诺夫把 20 世纪各种历史人物汇集在一张画布上，又与各种历史事件串在一起，这就是一场神秘剧。

　　画面上有沙皇尼古拉二世、至上主义绘画代表马列维奇、20 世纪物理学泰斗爱因斯坦、无声电影大师卓别林、布尔什维克政权领导人列宁和斯大林、法西斯头子希特勒和墨索里尼、20 世纪世界各国政坛领袖格瓦拉、卡斯特罗、肯尼迪和撒切尔

油画：《20 世纪神秘剧》

夫人，有苏共领导人勃列日涅夫、安德罗波夫和戈尔巴乔夫，还有叶利钦、索尔仁尼琴、赖莎和梦露等人。此外，画上还有象征着两个超级大国对抗和斗争的美国的自由女神像和苏联的组雕《工人与女庄员》，有风靡一时的摇滚乐队、性解放的裸体女郎、原子弹爆炸、待发射的宇宙飞船和莫斯科基督救主大教堂……似乎20世纪的主要历史人物和重大事件全部跃然画上。可画面中心是罩着灵光圈的基督，他仿佛站在历史人物和事件之巅，俯首观看大地上发生的一切，表明了画家心目中基督的至高无上。画面上还有一个不应忽视的细节：画家格拉祖诺夫站在剧院两侧：他年轻时站在剧院左面的入口，邀请观众入场观看这场令人好奇的神秘剧。在剧院右侧的出口站着的还是画家，但已老态龙钟，他目送观众离开了剧场，因为这场神秘剧演了整个20世纪……

　　格拉祖诺夫描绘20世纪的各种人物及其活动，表现的不仅是20世纪的历史，还有这段历史上善与恶的斗争和较量。

　　《我们的民主市场》（3×6米，1999年）这幅画是对俄罗斯90年代所走的历史道路的总结。画家以普通俄罗斯人的目光去观察后苏联时代的俄罗斯社会。苏联解体后，国家的法制被践踏，各种恶行丛生，拜金主义盛行，社会的道德堕落，西方文化泛滥……这种俄罗斯现状令画家感到痛苦和愤怒，于是他拿起画笔把这一切全都绘在画布上。

油画：《我们的民主市场》

　　叶利钦总统是俄罗斯这个历史时期的一号人物，但画家认为他根本没有治理国家的能力，因此置他于画布一侧，他虽手拿指挥棒，却无力地指挥着自己的团队！

　　画面右下那位年迈祖母白发苍白，她扶着自己的孙子，身后是著名的《祖国母亲在召唤》招贴画。她仿佛就是从画上下来的那位母亲。她当年振臂呼唤自己的儿女保卫苏维埃家园，可活到90年代，她已无力发出呼唤，只能把自己的孙子搂在身边……

　　画布右边上是格拉祖诺夫的自画像，他脖子上挂着一个标语，提出了"俄罗斯的忠实儿女，你们在哪里？"的问题。

　　这幅画构图复杂，人物众多，色彩绚丽，寓意深刻。格拉祖诺夫把现实主义与象征主义有机地结合在一起，创作出一幅凸显自己政治观点的作品。

　　看完这几张巨幅画作之后，我立刻明白了格拉祖诺夫的绘画艺术价值和他在俄罗斯当代绘画中的地位，也理解了在莫斯科市中心地段能为他开辟这个画廊的原因。

　　1999年4月6日，莫斯科市政府做出决定，把沃尔红卡大街上13号独栋小楼辟为苏联人民画家格拉祖诺夫的画廊。经过五年多的精心筹备，画廊于2004年8月31对广大观众开放。画廊收藏和展出格拉祖诺夫的700件绘画作品。如今，这个画廊已经成为莫斯科的一个艺术殿堂，每天迎来络绎不绝的参观者。

　　伊利亚·格拉祖诺夫（1930年生）是俄罗斯当代著名画家，苏联人民艺术家，俄罗斯艺术科学院院士。他如今已年近九旬，但精神矍铄，坚持自己的绘画创作。

格拉祖诺夫

画廊内部

　　格拉祖诺夫的创作内容丰富，是位集历史题材、宗教题材、童话题材、战争题材以及其他题材为一身的画家，同时，格拉祖诺夫还是个出色的肖像画家、风景画家和图书插画家。

　　格拉祖诺夫中晚期创作把现实主义与象征主义绘画结合起来，画作以重大历史题材、战争题材和宗教题材为多，同时兼顾民俗题材，童话题材和爱情等题材。

　　在俄罗斯作家当中，格拉祖诺夫最喜欢陀思妥耶夫斯基的作品，他为陀思妥耶夫斯基的小说《罪与罚》《赌徒》《被侮辱和被损害的》《卡拉马佐夫兄弟》《白痴》和《白夜》以及一些短篇小说均做过插画。格拉祖诺夫深受陀思妥耶夫斯基的影响，也希望别人像崇拜陀思妥耶夫斯基一样热爱他，这就造成了他的婚姻悲剧。1986 年，他的妻子尼娜自杀身亡。他与学生拉丽莎为期三年的恋情也是无疾而终。格拉祖诺夫晚年孑然一身，孤独之中度过余生。

（2016 年 1 月 16 日）

小说《白痴》插图—阿纳斯塔西亚

第三篇　文化佳作

俄罗斯历史文化的一次精美展示

——2014 年索契冬奥会开幕式小记

2014 年 2 月 7 日索契冬奥会开幕式让观众大饱眼福，这个开幕式与其说隆重地开启了一次世界性的体育盛会，莫如说精美地展示了俄罗斯的历史文化。

索契冬奥会开幕式像一部编年史，以独特的创意展现出俄罗斯民族历史的发展进程；索契冬奥会开幕式又像一幅重彩油画，以绚丽的色彩和斑斓的图案展示出俄罗斯文化的诸多元素；索契冬奥会开幕式还像一部交响乐，以厚重的声部、复调的音响传送出俄罗斯民族的奋进精神；总之，索契冬奥会开幕式以巨大的冲击力震撼观众，让人感到俄罗斯文化的丰富内涵和魅力，令世人对当今俄罗斯刮目相看。

索契冬奥会的吉祥物

　　广袤富饶的俄罗斯大地、乌拉尔山、贝加尔湖、莫斯科的红场、圣彼得堡大街、葱头顶教堂、白桦树、三套车、茶炊、谢肉节等俄罗斯元素像一块块的马赛克拼图全都融入俄罗斯小姑娘柳博芙的梦中……

　　俄罗斯宇航之父齐奥尔科夫斯基、化学周期表创始人门捷列夫、第一位遨游太空的苏联宇航员加加林、"月球一号"无人探测器等科技进步标志着俄罗斯科学技术的成就。

　　俄罗斯诗歌的太阳普希金的诗作、世界文学的巨人列·托尔斯泰的鸿篇巨制《战争与和平》、柴可夫斯基的芭蕾舞音乐《天鹅湖》、鲍罗庭的歌剧《伊戈尔王》、莫斯科红场的瓦西里升天大教堂、法尔科内的雕塑《青铜骑士》、穆辛娜的组雕《工人与女庄员》、马列维奇的至上主义、康定斯基的立体主义和夏加尔的现代派绘画……这些虽无法展示出俄罗斯文化的全部辉煌，但也足以让观众领略了俄罗斯文化艺术各种门类的世界水平。

　　开幕式上，俄罗斯民歌《小苹果》《卡林卡》与歌曲《莫斯科郊外的晚上》交替出现，红场上瓦西里升天大教堂与20世纪的现代建筑交映成辉，斯列金修道院的唱诗班演唱与作曲家斯维利多夫的《暴风雪》旋律交揉一起，古罗斯的木质教堂与电影大师

书是通向人类进步的阶梯

爱森斯坦导演的影片中的现代蒸汽机车交替闪现，声情并茂，呈现出一幅完整的俄罗斯风情画面。

伊凡雷帝、彼得大帝、叶卡捷琳娜二世等对俄罗斯的千年历史及其发展阶段做出重大贡献的俄罗斯历史人物在小姑娘的梦中逐一登场。

索契开幕式表演的一个显著的特征是，导演并没有回避20世纪俄罗斯历史的苏维埃阶段。苏维埃国家、红色工人、苏联时代的英雄、苏维埃的"解冻"时期，就连苏联时期生产的"海鸥"牌、"胜利"牌小轿车都出现在大屏幕上，成为那个时代历史的回忆和见证。

总之，诚如索契冬奥会组委会主席切尔内申科所说："索契举办的冬奥会——是俄罗斯向全世界展示自己全部优秀成果的一次机会。"在这次精彩的展示中，"任何人都没有被遗忘，任何事件都没被遗忘。"

索契冬奥会开幕式上尽管稍有瑕疵（五环中有一环没有展开），但开幕式的创意以及三千演员和两千志愿者的精湛表演展现出俄罗斯的强国之梦，这个梦基于俄罗斯民族文化历史的沃土，必然会借助索契冬奥会的契机化为美好的现实，把俄罗斯引向一次新的腾飞。

（2014年2月24日）

开幕式上的芭蕾舞

听爷爷讲述一段真实的战争历史

——2015年5月9日红场"通向伟大的胜利之路"音乐会观后

　　2015年5月9日是伟大卫国战争胜利70周年纪念日。上午，莫斯科红场隆重举行了规模盛大的阅兵；下午，进行了50万人参加的"不朽兵团"游行；晚上，又奉献给观众一台精美的音乐会，这些庆祝活动展示出俄罗斯的军事力量和文化艺术，让世人目睹了俄罗斯的国威、军威和文化实力。

　　纪念卫国战争胜利70周年音乐会——"通向伟大的胜利之路"在红场举办，很有创意，也很有意义。在这场大型音乐会上，不仅有演员和合唱队的演唱，还有几千演员载歌载舞的表演，为了历史的真实，还要让战时的汽车、装甲车和坦克从广场上驶过，这是在任何舞台上都无法实现的。俄罗斯艺术家选择了红场这个偌大的平台和空间，为这场音乐会的表演提供了可能，很有创意。红场是俄罗斯的心脏，是苏联人民胜利的福祉和象征。1941年11月7日，红军战士在这里接受了检阅后直接奔赴前线作战；1945年6月24日又是在这里举行的胜利阅兵。在红场举办这场纪念卫国战争胜利70周年音乐会的意义不同凡响。这场音乐会的现代化灯光、道具、布景和烟火技术营造出气势磅礴的战争场面和波澜壮阔的生活画面，震撼了在场观众和电视机前每个观众的心灵。

　　"通向伟大的胜利之路"音乐会是一部交响史诗，它把残酷的战争变成了英雄主义的赞歌，把泪水和鲜血变成了爱国主义的教材。

　　整个音乐会就是爷爷讲给孙子的一段真实的卫国战争历史。一位扮演卫国战争老战士的爷爷（演员 B. 拉诺沃伊扮演）领着自己的孙子登场，开始向他讲述那场波澜壮阔的反法西斯战争。这时，他唱起了苏联影片《军官们》的插曲《来自那些年代的英雄们》。紧接着便是苏维埃男女老幼对战前30年代生活的回忆。"我们祖国

一位扮演卫国战争老战士的爷爷领着自己的孙子登场

多么辽阔广大，她有无数的田野和森林，我们没有见过别的国家，能够这样自由地呼吸。"著名作曲家杜那耶夫斯基的这首《祖国进行曲》唱出了苏维埃人对自己祖国的热爱，唱出苏维埃人的自豪！

　　突然，大屏幕背景画面转到 1941 年 6 月 22 日，广场上的民众惊恐不安地听着著名播音员列维坦播送的德国法西斯进犯苏联的消息。于是，全体苏联人民开始了一场保卫祖国的神圣的战争。"起来，伟大的国家，做一场决死的斗争，要消灭法西斯恶势力，消灭万恶的侵略者！"这首被誉为卫国战争的音乐纪念碑的《神圣的战争》响彻在红场上空……

　　随后，音乐会的每一首歌，每个画面，每个舞蹈和每段朗诵一步步地把观众带到迎接卫国胜利那一天。

　　歌曲《再见吧，男孩子们》描述可恶的战争让男孩们提前长大，他们报名参军

载歌载舞的俄罗斯青年

入伍，奔赴前线与敌人作战；歌曲《你是我的希望》献给莫斯科保卫战的苏军将士；歌曲《列宁格勒》表达了列宁格勒被围困时期苏维埃人的心声；歌曲《漆黑的夜》是前方战士的战地小夜曲……

　　战争是残酷的，许多战士牺牲在疆场，留下了孤儿寡母……但是，战争并没有吓到苏维埃军人，一批战士倒下去，又一批战士奔赴前线。一辆辆汽车载着苏联士兵从红场上疾驶而过，他们高唱《哎，通往前线的道路》奔赴前线。战争再紧张也扼杀不了战士的爱情，《皮肤黝黑的姑娘》这首歌表现了战争期间年轻战士爱上了黝黑皮肤的摩尔达瓦姑娘的故事；《在窑洞里》和《青色的头巾》是卫国战争中传唱最广的两首歌，前一首唱出前方战士对妻子的怀念，"窑洞再冷也觉得温暖如春，我心中燃烧着不灭的爱情"，后一首唱出后方妻子对丈夫的思念，妻子珍藏着丈夫送给她的那块青色的头巾。正是这种美好的思念让他们保持了对亲人的眷挂，熬过了艰难的战争岁月。

　　《在无名高地上》和《这里的鸟儿都不歌唱》讲述了战争的残酷，18 个战士中已有15 人为国捐躯，可剩下的3 名战士依然坚守在一个陌生村落外的无名高地上……惨绝人寰的战争夺取了战士的生命，阵亡将士的英灵化为一群仙鹤从远处飞来，苏联人民演员 И.科布松演唱的《鹤群》表达出对那些牺牲战士的深深怀念。最令人感动和揪心的是《母亲之歌》。随着女歌唱家 В.比留科娃一声声的呼唤："阿廖沙，阿廖申卡，我的好儿子！"，大屏幕上出现了苏联经典影片《士兵之歌》的镜头，年迈的母亲站在村头等待自己的儿子阿廖沙，可最终也没有等到他的归来。歌声、呼喊声和画面里噙着泪水的母亲构成一种强大的艺术感染力，打动着一位观众的心。

　　《最后一仗》是胜利节音乐会上的保留歌曲。俄罗斯人民演员 М.诺什金是这首歌的词曲作者，他在音乐会上亲自演唱了自己创作的歌曲："明天还要打最后的一仗。再稍微坚持一下，最后一仗很难打，我想回到俄罗斯去，我很久没有见到妈妈！"歌声唱出了一个久经沙场的战士渴望战争结束的心情，但"胜利往往在于最后的坚持之中。"确实，打完最后的一仗，苏联军民终于迎来了胜利的一天。俄罗斯人民演员 Л.列申科演唱的《胜利节》一曲把音乐会的气氛推向高潮。

　　小男孩听完爷爷讲的故事后，带领一帮小朋友宣誓，发誓继承浴血奋战赢得胜利的先辈们的事业，决心保卫胜利成果，建设自己强大的俄罗斯国家。音乐会的首尾相衔接，整场音乐会至此结束。

　　我们通过这场音乐会可以发现，俄罗斯艺术家善于把任何一种大型艺术活动变成展示自己民族优秀文化的平台。2014 年奥运会的开幕式和闭幕式已经让我们充分领略到了这点，这场音乐会又是如此，很好地利用了这样的平台和机会去阐释丰富的俄罗斯文化艺术。在音乐会上既能看到俄罗斯的国粹艺术——芭蕾舞《天鹅湖》选段，又听到俄罗斯的交响乐艺术的杰作——肖斯塔科维奇的第七交响乐的旋律；

胜利节

音乐会群舞场面

既听到了著名播音员列维坦的那种具有穿透力的播音，又能欣赏苏联经典电影片和插曲的魅力；既能看到莫伊谢耶夫民间歌舞团和小白桦歌舞团演员的精湛舞技，又能领略顿河哥萨克骑兵的战斗英姿和俄罗斯马刀舞的铿锵节奏。可以说，"通向伟大的胜利之路"这场音乐会的节目充满着文化内涵，把俄罗斯文化艺术的精华一展无遗。

更要指出的是，这场音乐会再现了苏联人民抗击德国法西斯的历史真实。由红军、红旗、镰刀斧头组成的苏联国旗一直是音乐会的场景和背景的主调。最后，当歌唱家列申科高唱《胜利节》时，整个大背景就是一面苏联国旗。此外，把《祖国进行曲》一歌拿到这场音乐会也是对历史的尊重。这首脍炙人口的歌曲曾经传遍了整个苏联大地。这首歌曾是苏联代国歌，它的第一个乐句曾是莫斯科广播电台的呼号。但苏联解体后这首歌被打入冷宫，甚至有人撰文批判，说这首歌粉饰太平，为斯大林歌功颂德。这次音乐会也为这首经典歌曲正名，恢复了历史的公正。

"通向伟大的胜利之路"音乐会上，前线枪林弹雨的作战场面，后方生产武器弹药、机器轰隆的场景，苏军攻克柏林、战士们把红旗插上柏林国会大厦的场面和群众在红场庆祝胜利的狂欢场景都展现得气势磅礴，生动逼真。在每个场面里演员与观众互动，台上台下融为一体，让观众似乎有一种参与感。

音乐会的演唱形式多样，有独唱、重唱和合唱，尤其是《漆黑的夜》是由女歌唱家彼拉盖雅和两个童声组成的三重唱，突破了这首歌昔日独唱的形式。此外，美声唱法和通俗唱法兼顾，照顾各种欣赏口味和各个年龄段的观众，取得了很好的效果。

总之，这场音乐会显示出俄罗斯组办大型文艺活动的能力和运用高科技的水平，值得学习和借鉴。

（2015 年 5 月 17 日）

一支感人的安魂曲

——《鹤群》

　　有时候我总觉得那些军人，
　　没有归来，从流血的战场，
　　他们并不是埋在我们的大地，
　　他们已变成白鹤飞翔。

　　他们从遥远战争年代飞来，
　　把声声叫唤送来耳旁。
　　因为这样，我们才常常仰望，
　　默默地思念，望着远方。

　　疲倦的鹤群飞呀飞在天上，
　　飞翔在黄昏，暮霭苍茫，
　　在那队列中有个小小空档，
　　也许是为我留的地方。

　　总会有一天我将随着鹤群，
　　也飞翔在这黄昏时光。
　　我在云端像鹤群一样长鸣，
　　呼唤你们，那往事不能忘。

（薛范译）

诗人拉苏尔·伽姆扎托夫

　　《鹤群》是苏联著名的达格斯坦诗人拉苏尔·伽姆扎托夫 1968 年参观日本广岛和平纪念公园的佐佐木祯子纪念碑后有感而作的一首诗。佐佐木祯子是个 12 岁的日本小女孩。她因受原子弹爆炸辐射之害于 1955 年 10 月 25 日死于白血病。因日本有"鹤命千年龟万年"的说法，因此佐佐木祯子临终前，开始在病榻上折叠纸鹤，祈祷自己早日康复，也祈求世界的永久和平。佐佐木祯子天真地希望折叠出千只纸鹤的时候自己的病就会痊愈，但她只折叠到 664 只，病魔就夺去了她的生命。佐佐木祯子患病的消息在日本引起了极大的反响，千千万万的日本小朋友折纸鹤为她祈福，她死后孩子们还捐款为佐佐木祯子修建铜像，铜像纪念碑于 1956 年国际儿童节前落成。此后，在日本折纸鹤的放飞形式就成为纪念亡者的一种象征。

　　伽姆扎托夫从日本归来后，想念访日期间去世的母亲，想起在卫国战争中牺牲在疆场的大哥，怀念在战争中失踪的另一位哥哥，同时也缅怀在卫国战争中牺牲的无数烈士。诗人感慨万千，觉得人的生命并没有随着机体的消亡结束，而是化为一种永恒的精神。在折纸鹤的故事启发下，他写出了《鹤群》一诗。

　　这首诗的第一段就把人的思绪带到一片广阔无垠的旷野，黄昏暮霭苍茫，让人感到有些苍凉。极目远望，只见从天边渐渐飞来一群白鹤，同时传来呱呱的呼唤，那就是亡者的归来……

《鹤群》这首诗最初是用阿瓦尔文写成的。诗人纳乌姆·格列勃涅夫从阿瓦尔文译成俄文，刊登在 1968 年的《新世界》杂志上。歌唱家马尔克·别尔涅斯看到了这首诗，被诗人对亡者的怀念深深地打动了。他觉得只要把诗中的某些地方稍加改动，就可以谱成曲传唱。诗人伽姆扎托夫采纳了别尔涅斯的建议，他与译者一起把诗中原来的"骑士"一词改为"军人"，这样一来，就扩展了歌词的内涵，使诗作具有一种全人类的意义。

诗人伽姆扎托夫把改后的诗拿给作曲家杨·弗伦凯尔。弗伦凯尔两个月后把旋律谱了出来。弗伦凯尔把歌谱拿给伽姆扎托夫。在诗人家里，炉火在壁炉燃烧，桌上摆满了佳肴。拉苏尔·伽姆扎托夫在吉他的伴奏下，第一次深情地哼唱出了《鹤群》这首歌。

《鹤群》这首歌之所以能够很快流传开来，还与《共青团真理报》编辑部的一次见面会有关。1968 年 5 月 8 日胜利节前夕，《共青团真理报》编辑部主办了一次昔日的随军记者见面会（记者称之为"窑洞"会见）。歌唱家别尔涅斯当时已身患绝症，但他还是在那次见面会上演唱了这首歌。据说，科涅夫元帅当时也在场。他听完歌后噙着泪水走到作曲家弗伦凯尔和歌唱家别尔涅斯跟前说："谢谢你们！……"

《共青团真理报》记者 Л.列宾曾对那次会见有着更详细的回忆。他写道："那不仅是随军记者，而且是《共青团真理报》所有新闻记者的一次聚会。与会的不仅

歌唱家别尔涅斯

作曲家弗伦凯尔

有那些打过仗的、参加了整个卫国战争后回到编辑部的记者，而且还有战后出生的一些青年记者。那天的情况和那个'窑洞'让我记忆犹新。聚会由昔日的前线战士，后备役上尉 A.伊瓦辛科主持，他邀请了经常到我们编辑部做客的科涅夫元帅。我记得，当时作曲家弗伦凯尔弹钢琴，歌唱家别尔涅斯演唱了这首歌。他唱得如此深情、动人，全场鸦雀无声，整个场面十分感人，这首歌深深打动了所有人的心灵。"

此后，《鹤群》这首歌就在苏联整个大地上流传开来，歌中的白鹤成为纪念卫国战争牺牲将士的一个象征，这首歌也成为卫国战争胜利纪念日人们必唱的一首歌。据说，别尔涅斯在莫斯科新圣母公墓下葬那天，《鹤群》这首歌就低徊在他的墓地上空。

别尔涅斯去世后，有许多苏联和俄罗斯歌唱家演唱过这首歌，如，A.格尔曼、Г.维什涅夫斯卡娅、M.马戈马耶夫、B.列昂季耶夫、C.罗塔鲁、O.帕古京、Д.赫沃罗斯托夫斯基和И.科布松等人。其中，歌唱家科布松的演唱尤为真挚动人，因为科布松继承了别尔涅斯对《鹤群》这首歌的演唱风格。此外，科布松的演唱也令伽姆扎托夫很满意。每当科布松与伽姆扎托夫在一些社会活动上见面，诗人总请求歌唱家唱《鹤群》这首歌，认为这是一首给亡者的安魂曲。

无论从《鹤群》歌词里还是从其旋律中似乎都能够感到生命没有结束，而是化为另一种存在。一个人用生命履行了自己的神圣职责，他一定会变为不朽，化作永恒。

（2015 年 10 月 31 日）

这并不是萍水相逢 ①

　　一首优美的歌曲无论诞生在多么遥远的年代，也不会从人们的记忆中消失，一首好歌往往是时代、历史的见证，是人的美丽心灵的回声。在众多脍炙人口的俄罗斯歌曲中，《萍水相逢》就是这样一首歌。

　　这首歌不但歌词感人，旋律抒情，而且它的诞生还有着一个真实的故事。

　　在苏联卫国战争期间，为了鼓舞苏军将士的士气，每个大军团都组建一个战地歌舞团，作曲家 M. 弗拉德庚曾是苏军西南战线的战地歌舞团团长。为了演出方便，上级把一架"玉米机"（一种超低空飞行的小飞机）临时配给歌舞团使用。飞机的驾驶员是位英俊的年轻少尉瓦夏。在巡回演出的间隙，他给作曲家弗拉德庚讲述了自己的一次亲身经历。

　　事情经过是这样的：当飞行员之前，瓦夏曾在步兵里服役。有一天，他所在的部队乘汽车开赴前线途经一个小镇的时候，司机决定停下来休息一下。于是，士兵们跳下汽车分头去找水喝。瓦夏这时突然听到从近处传来了一阵优美的圆舞曲。"人们这种时候怎么还会奏这样的音乐？"他心里边想边顺着音乐声走去。原来，不远处有个俱乐部，音乐就是从那里传出来的。瓦夏进了俱乐部，看到当地的青年人在留声机的伴奏下翩翩起舞。瓦夏是个舞迷，看到一对对翩翩起舞的青年，他便情不自禁想："我干嘛不跳几圈舞解解乏呢？"他身旁恰巧站着一位亭亭玉立的姑娘，于是他转过身邀她跳舞。那位姑娘的舞姿轻盈，长得如下凡的仙女。与她跳舞时，瓦夏心中产生了无名的激动，有一种归家的温暖。在他俩旋转的舞姿中，几分钟时间不知不觉地过去了。这时突然有人对瓦夏说："少尉同志，你们的汽车已经发动了。

---

① 　这篇文章曾经发表在《俄罗斯文艺》上。——作者

作曲家马·弗拉德庚

词作家叶·多尔玛托夫斯基

您千万别误了上车。"瓦夏听后急忙对自己的那位舞伴姑娘说了声"再见"，便匆匆跑出俱乐部，追上已经启动的汽车，抓住车槽边跳上车走了……

这件事过去了很久很久，瓦夏一直忘不了那位姑娘的婀娜多姿的舞步，也忘不了她那含情脉脉的目光……遗憾的是，他只知道她叫吉娜，她的其他情况都没来得及问……然而在战争年代，只凭吉娜这个名字很难找到她，可瓦夏一直没有打消要找到那位姑娘的念头。

有一天，瓦夏突发奇想，于是去找作曲家弗拉德庚并且对他说："您是作曲家，请您根据我与吉娜姑娘的那次偶然的邂逅写首歌。我想她听到这首歌会马上给您写信，询问您怎么会知道在小镇的俱乐部里发生的那件事。那您就告诉她，说是与她跳舞的年轻战士瓦夏告诉的。请您千万别忘告诉她我们的战地邮箱号码。请您再告诉她，说瓦夏非常想念她，哪怕能收到给他的一封信也好……"

作曲家弗拉德庚把飞行员瓦夏的这件有趣的经历告诉了自己的老朋友，诗人E.多尔玛托夫斯基。多尔玛托夫斯基顿时高兴地说："嘿，这可是个抒情歌曲的好题材，那我们就动手吧。"

1943年春，苏军在斯大林格勒城下歼灭了33万德国法西斯的军队，取得了辉煌的胜利。弗拉德庚和多尔玛托夫斯基乘火车离开斯大林格勒去叶列茨，他们与战地歌舞团去那一带巡回演出。火车在旷野里缓慢地行驶了七天七夜。在旅途中，多尔玛托夫斯基根据瓦夏的故事写了一首诗《舞到天明》，朗诵给自己的朋友弗拉德庚听。

歌曲《萍水相逢》曲谱

　　弗拉德庚听后拍案叫绝，因为多尔玛托夫斯基把瓦夏的那次小城偶遇描述得栩栩如生。弗拉德庚立刻拿出一架缴获来的德国手风琴给这首诗谱曲，一首新歌就这样立刻诞生了。弗拉德庚和多尔玛托夫斯基的这首歌很快就在电台上播放，并成为前后方都广为传唱的一首著名的歌曲。

　　这首歌诞生后过了 10 个月，作曲家弗拉德庚有一天突然收到一封信。信是一位名叫吉娜的姑娘寄来的。信是这样写的："你们这些搞创作的人真是神了！竟能如此真实地反映生活？！要知道我身边就发生过类似《舞到天明》歌曲中描述的那件事……我现在很想知道那位青年军官瓦夏在什么地方，请帮助我找到他……"吉娜来信的地址正是飞行员瓦夏讲的他俩邂逅的那个小镇。于是，弗拉德庚立刻开始寻找瓦夏。

舞蹈《萍水相逢》

　　作曲家弗拉德庚经过许多周折才得知，瓦夏离开他们之后，在一个歼敌机大队当上了歼敌机飞行员。于是，弗拉德庚满怀信心去瓦夏战斗的飞行大队去找他。但是，他得到一个令人难过的消息：瓦夏不久前在一次空战中英勇牺牲，献出了自己年轻的生命。

　　瓦夏永远离开了人间，可记述他与吉娜萍水相逢的歌曲永远留传下来，成为对这位英雄的永恒怀念。后来，作曲家弗拉德庚把吉娜的那封信交给诗人多尔玛托夫斯基，诗人至今一直将之珍藏在家中。他只是把歌名"舞到天明"改为"萍水相逢"。

（2010 年 10 月 18 日）

第四篇　文化名人

没有克洛特的雕塑，就没有彼得堡之美

——纪念俄罗斯雕塑家克洛特诞辰 208 周年

凡路过彼得堡阿尼奇科夫大桥的人，一定会看到大桥基座上四尊人马组合的雕像，大力士驯服烈马的组雕生动逼真，栩栩如生，令行人驻足观赏。我上周在彼得堡出差，再次观看了那组雕像，对雕塑家克洛特的艺术构思和技巧赞叹不已。今天（2013 年 6 月 5 日）是雕塑家克洛特诞辰 208 周年，想写篇短文纪念这位雕塑家。

彼得·卡尔罗维奇·克洛特（1805—1867）出生于彼得堡的一个德国后裔的贵族家庭。他的父亲是沙皇军队的少将，参加过 1812 年的卫国战争，他的肖像如今就

雕塑家克洛特

挂在艾尔米塔什宫（冬宫）的卫国战争将士画廊墙上。克洛特本人毕业于圣彼得堡炮兵学校，但他对军旅生活毫无兴趣，于是辞职开始了自己的艺术生涯。克洛特自学成才，从未接受过系统的艺术教育，只是从 1830 年才有机会在美术学院做旁听生。19 世纪俄罗斯雕塑大师马尔托斯、奥尔洛夫斯基等人发现他的才华，鼓励和帮助他从事雕塑创作。功夫不负有心之人，克洛特对艺术的热爱，他的恒心、毅力和坚持终于使他成为一位把古典主义的严谨与浪漫主义激情结合起来的雕塑家。

如今，克洛特的雕塑作品屹立在俄罗斯的一些城市里。在彼得堡尤多：彼得堡凯旋门顶部、海军部沿岸街的宫廷码头、阿尼奇科夫大桥、夏园的绿茵里、冬宫的墙上和伊萨基大教堂顶部，处处都有克洛特的雕塑作品，它们把彼得堡装饰得美轮美奂……因此有人说："没有克洛特的雕塑，就没有彼得堡之美！"

克洛特的成名作是彼得堡凯旋门上的乘着胜利战车的光荣女神（1833）。创作这个组雕是沙皇尼古拉一世向克洛特、C.皮缅诺夫和 B.杰穆特－马利诺夫斯基这三位雕塑家下达的"任务"。他们齐心协力共同完成了这个组雕，其中拉着胜利战车的 6 匹骏马是克洛特的杰作。雕塑家抓住向前奔腾的几匹骏马急停下来的瞬间，塑造出了骏马腾起前蹄的姿态。沙皇尼古拉称赞克洛特雕塑的那几匹骏马，认为克洛特塑造的马比真马都好。这个作品让克洛特一举成名并获得了世界性声誉。克洛特雕塑的马之所以成功，与他从小就喜爱动物，细心地观察马的各种姿态和动作分不开，这为他日后的雕塑创作打下了坚实基础。

阿尼奇科夫大桥（有人称为四马桥）基座上的组雕（1838）是克洛特最著名的一个作品。雕塑家为创作这组雕塑，付出了 20 年的心血。这四组群雕描绘人与马搏

大力士驯服四骏马

击的场面：一位大力士赤身裸体，紧握着马笼头，使劲拉住一匹前蹄腾起的骏马。人与马双方搏斗是激烈的，这可以从人身体的前倾、马浑身紧紧绷起的肌肉、两个前蹄胡乱地在空中挣扎、大力士倒在地上和使出洪荒之力拉住缰绳等姿态看出来。但是，人最后终于把马制服，一场人与马的激烈搏击结束。这场人与马的搏斗表明雕塑家克洛特对人的力量和智慧充满着信心。

　　克雷洛夫是俄罗斯著名的寓言作家。他一生写了几百篇富有深刻寓意和哲理的寓言故事，他以自己的寓言创作赢得了俄罗斯人民的热爱。克雷洛夫一生与彼得堡结下不解之缘，自从 13 岁来到彼得堡后，直到去世几乎没有离开过这座城市。因此，克雷洛夫死后，让人们能够看到寓言大师的形象是许多俄罗斯人的心愿。克洛特在全俄的克雷洛夫纪念碑招标活动中中标并且于 1849 年完成了这尊雕像。克雷洛夫雕像是克洛特创作的为数不多的名人雕像之一。克洛特以现实主义艺术手法，真实地再现了寓言大师克雷洛夫的形象：他身着一件普通衣服，神情自若地坐在椅子上，仿佛他写累了，想在绿树成荫的树林里休息一下。如今，这尊雕像坐落在彼得堡市中心的夏园里，吸引许多游客驻足观看。

克雷洛夫雕像纪念碑

克洛特的雕塑作品深受沙皇尼古拉一世的喜欢，他也崇拜沙皇尼古拉一世，因此创作了尼古拉一世骑马的雕像。尼古拉一世老成持重地骑在向前奔跑的骏马上，即便是奔马也无法改变他的庄重姿态。我们注意到尼古拉一世骑的那匹马只靠两只后腿维持着雕像的重心，这种技术处理，显然要比法尔科内的雕塑《青铜骑士》的重心处理（靠马尾与弓起的蛇身的衔接）高出一筹。

克洛特在感情生活上有一段有趣的故事。克洛特在彼得堡美院当旁听生的时候，曾爱上自己老师马尔托斯（屹立在莫斯科红场上瓦西里升天教堂前的米宁和巴扎尔斯基双人雕像的作者）的女儿卡佳，于是便去到马尔托斯家，单膝跪在马尔托斯的妻子面前，请求她把女儿卡佳嫁给他。马尔托斯的妻子根本看不起克洛特，她说："您疯了吗？怎么能想到这种事？难道您配得上卡佳？……我女儿娇生惯养，就像一朵小花，在蜜罐里长大，是院士的女儿，可您……"克洛特听后认命，便请求娶卡佳的女仆乌莲卡为妻，马尔托斯的妻子答应了。因为克洛特相信即便娶不到卡佳，卡佳的女仆也会给他带来幸福。的确，就在他与乌莲卡新婚不久，沙皇尼古拉一世就让他为凯旋门的胜利战车制作6匹骏马。他当晚回到家里便对妻子说："你真的给我带来了幸福，现在我们将喝加糖的咖啡，然后我们去逛商店，你给自己买一件最漂亮的连衣裙，穿起来你就像神话故事中的公主一样。"

克洛特成名后，马尔托斯的妻子后悔不已，她的女儿卡佳也怪怨母亲让她成为不幸的女人，于是她整天郁郁寡欢，很早就离开了人世。看来，马尔托斯的妻子"有眼不识金镶玉"，更未能"风物长宜放眼量"！

二百多年过去了，克洛特的雕塑作品依然保持着其艺术魅力，因为克洛特的雕塑创作把俄罗斯古典主义雕塑艺术推向了一个高峰，尤其是他把马这种动物的塑造到了一个无人企及的高度，也许这就是为什么人们迄今都在怀念这位俄罗斯雕塑家的原因。

（2013年6月6日）

莫斯科的两尊广场雕像纪念碑

——俄罗斯雕塑家凯尔别里及其在莫斯科广场上的作品

莫斯科的许多广场上都有纪念碑，这不仅是对俄罗斯文化名人的纪念，而且还点缀着莫斯科，使城市变得更加美丽，更加有文化品味。

在莫斯科广场上众多的纪念碑中间，有一座纪念碑尤为醒目，它就是列宁大街进城方向尽头，高耸在卡卢加广场上的列宁纪念碑，这座气势恢宏的列宁雕像从老远就吸引着过往行人的目光。

这座高达 23 米的纪念碑由列宁雕像和人物群像构成，是雕塑家 Л.凯尔别里（1917—2003）、В.费多罗夫（1926—1992）和建筑师 Г.马卡列维奇（1920—1999）共同创作的成果。纪念碑在纪念十月革命胜利 70 周年之前落成，突出列宁形象的高大伟岸和苏联民众的精诚团结，是一座具有社会主义现实主义雕塑建筑风格的艺术品。

在棕红色圆桶形大理石基座上，列宁抬头挺胸、踌躇满志地望着远方，仿佛在率领着人们前进。他身穿一件大衣，微风卷起了他的衣襟。列宁雕像下面的圆柱形基座被一组栩栩如生的群雕环绕，分别是战士、水兵、工人、农民和知识分子的雕像。这象征着列宁来自人民，也表明工农兵大众是团结在列宁周围的革命基础力量。群雕中最显眼的是一位俄罗斯妇女，她一只手指向前方，另一只手臂伸开，好像召唤战士、水兵、工人和知识分子跟着领袖前进。此外，还有一个抱着小孩的妇女和一位报童，预示着革命后继有人。这座纪念碑给人的感觉是，列宁永远活在人们中间，指引着人们前进。诚如诗人马雅可夫斯基在长诗《列宁》中所写那样，"列宁比任何生者都更有生命。"

这座列宁纪念碑坐落在卡卢加广场，与苏维埃政权建立后的一次重大的历史事件有关。

卡卢加广场上的列宁纪念碑

　　1918 年 8 月 30 日，列宁结束了在离卡卢加广场不远的米赫尔松工厂（如今在杜比宁斯卡娅大街 76 号）的集会上的演讲，当他走在工厂大门时，俄罗斯社会革命党分子范妮·卡普兰突然向列宁开了三枪，列宁身中两弹，但卡普兰刺杀列宁未遂。列宁被刺是一次重大的政治事件，为纪念列宁在米赫尔松工厂的演说，工厂更名为莫斯科列宁电子机械厂，还在卡卢加广场上立了一个木尖碑。1922 年，卡卢加广场改名为列宁广场。十月革命 70 周年之际，为了纪念列宁 1918 年的演讲和遇刺，苏联政府和莫斯科当局决定修建一座大型纪念碑，这就是如今屹立在列宁广场上的列宁纪念碑。

　　苏联解体后，前苏联境内大量的列宁纪念碑和雕像被捣毁或被撤走，莫斯科的一些列宁雕像也未能幸免，列宁广场 1993 年也恢复了卡卢加广场的名字，但广场上的列宁纪念碑却保留下来。

　　在莫斯科市中心，莫斯科大剧院对面的剧院广场上，还有一座纪念碑引人注目：马克思上身从一块巨大的花岗岩石伸出来，好像站在讲坛上发表热情洋溢的演讲，又仿佛前倾着身体与广大民众交谈。纪念碑上栩栩如生的马克思形象成为莫斯科市

剧院广场上的马克思纪念碑

的一个景点。

　　这座马克思纪念碑的落成经历了半个多世纪的历程。列宁在世时，就想在莫斯科市中心竖立一个马克思纪念碑，以表示对这位共产主义学说奠基人的崇敬并对后代进行共产主义思想的教育。1920 年 5 月 1 日，在全俄举行第一个星期六义务劳动日那天，在剧院广场上隆重举行了马克思纪念碑的奠基仪式。但由于种种原因，奠基仪式后马克思纪念碑一直没有落成。直到 1961 年，在剧院广场上依然是那块写着"世界无产阶级的伟大领袖和导师卡尔·马克思纪念碑"的奠基石。

　　斯大林在位时根本无暇顾及这件事情。赫鲁晓夫当政后，实行了一系列的改革措施，迎来了苏联历史上的解冻时期，但他所奉行的方针和政策引起了苏联国内外的一些人质疑，有人怀疑和指责他在搞修正主义。不知赫鲁晓夫是真正敬重老祖宗马克思，还是在国内外的压力下想摆出一副忠于马克思的样子，他在 1957 年下令要把剧院广场上的马克思纪念碑竖起来，以完成列宁未尽的一件事。

　　1961 年，赫鲁晓夫选择苏联共产党第 22 次代表大会期间，在苏联党政活动家、党代会代表和参加苏共党代会的世界各国共产党代表团团长的见证下，举行了马克思纪念碑的落成典礼仪式。

这座马克思纪念碑由整块灰色花岗石制成，重 160 吨。花岗石来自德涅伯罗彼得罗夫斯克郊外的采石场。花岗岩正面镌刻着著名的口号——"全世界无产者，联合起来！"纪念碑两侧有两个大理石柱塔，上面分别写着语录：一句是恩格斯的话："他的英名和事业永存"；另一句是列宁的话："马克思学说力量无限，因为它是正确的"。

苏联解体后，有人戏称马克思纪念碑是"长着大胡子的冰箱"，还有人建议把马克思纪念碑从剧院广场撤走，但这种建议并未被当局采纳。如今，无论在节日还是普通的日子，在马克思纪念碑前经常摆着人们敬献的鲜花，说明马克思在当今俄罗斯依然受到人们的尊敬和爱戴。

我欣赏文化艺术精品时，往往对艺术品的创造者感兴趣。原来，卡卢加广场上的列宁雕像和剧院广场上的马克思雕像都出自于俄罗斯著名雕塑家列夫·凯尔别里之手。

列夫·凯尔别里（1917—2003）是俄罗斯著名的雕塑家、苏联人民艺术家，曾任苏联艺术科学院副院长。

凯尔别里在十月革命胜利那天在切尔尼戈夫州的谢苗诺夫卡村呱呱坠地，他是十月革命真正的同龄人。也许这是他日后的雕塑艺术创作与无产阶级革命导师马克思、列宁等人结下了不解之缘的一个原因。

凯尔别里从童年时代起就对造型艺术感兴趣，他写道，"列宁去世时，我才 6 岁多点。祖父和妈妈一些成年人都悲痛得哭泣。列宁当时显得比上帝都要强，这让我感到吃惊，于是我开始学习绘画。我从《红色草地》杂志的照片临摹列宁躺在棺材里的样子。我父亲的一位朋友看到后说，'你瞧，他画得真像啊！'大概，我的绘画生涯就此开始。"

凯尔别里在中学的泥塑作品《我和我的玛莎坐在茶炊旁》获得了一等奖。后来，他制作的高浮雕列宁像又在省级业余艺术创作竞赛上引起了行家的注意。这对他的鼓励很大，此后他下决心献身于雕塑艺术。1934 年，凯尔别里在 Н. 克鲁普斯卡娅、列宁格勒全俄艺术院院长 И. 布罗茨基和著名雕塑家 С. 梅尔库洛夫的帮助下，成为莫斯科绘画、雕塑建筑学校和艺术研究学院的学生。

卫国战争爆发后，1942 年凯尔别里被征兵入伍，成为一名随军画家。苏维埃军人的勇敢精神给凯尔别里留下深刻的影响，同时他也更好地了解了军人的生活，这对他日后的军事题材雕塑创作有很大帮助。

凯尔别里一生创作了 70 多座大型纪念碑，还为列宁、斯大林等苏联的党政活动家创作了不少雕像和胸像（斯大林的死后面罩是他与雕塑家马尼泽尔共同完成的）。此外，在莫斯科新圣母公墓里，可以看到他给电影导演 С. 邦达尔丘克、苏联文化部

凯尔别里的雕塑作品《悲哀》

长 Е.福尔采娃、作家 Б.拉夫尼奥耶夫、小提琴家 Д.奥伊斯特拉赫等文化名人制作的墓上雕。

　　介绍凯尔别里的时候，我们不能不提一下他的雕塑作品《悲哀》。一位泪流满面的母亲抱着牺牲的儿子，她无法克制自己的伤心和悲痛。这是那次战争给上千万母亲带来的悲伤，因为它夺走了 2700 万人的生命。如今，在莫斯科俯首山卫国战争胜利纪念馆一层的纪念和悲哀大厅里可以见到这个雕塑作品。白色大理石组雕《悲哀》让整个大厅充满悲哀肃静的气氛，感染着前来参观的每位游人。

　　最后，讲一件逸闻趣事。20 世纪 90 年代俄罗斯黑社会盛行，天天有人被杀，因此，凯尔别里每天关心报纸上的讣告，通过讣告他就知道又该给谁制作墓上雕了。凯尔别里靠制作墓上雕成为俄罗斯雕塑界的百万富翁，尽管这点也招来许多同行的讥笑甚至非议。

（2015 年 10 月 23 日）

让人永远铭记的遗言

——雕塑家穆欣娜及其丈夫的"墓志铭"

有的人知道某部小说的名字，却不知道其作者是谁；有的人能够对某幅绘画作品侃侃而谈，可说不出是哪位画家画的；有的人可能一部交响乐听了数遍，但不知其作曲家是何许人；还有的人站在某件雕塑作品前赞叹不已，但却不知道出自哪位雕塑家之手。这一点也不奇怪，因为有些人往往注意的是艺术作品本身，而不大在意其创作者。

有一次，我带几个学生去参观莫斯科的新圣母公墓，来到了俄罗斯著名的雕塑家薇拉·穆辛娜的墓前。学生们不知道穆辛娜是什么人，也不明白我为什么要带他们来到这个墓前。当我问他们是否看见过组雕《工人和女庄员》，他们都说看过，于是我告诉他们，组雕《工人和女庄员》的作者和她的丈夫就长眠在他们面前……

穆希娜（1889—1953）是 20 世纪苏维埃时代雕塑艺术的一位杰出代表。她的群雕《工人和女庄员》（1937，不锈钢）标着着她的雕塑创作高峰。

1936 年，苏联接到参加在巴黎举行的"艺术、技术和现代生活"国际博览会的邀请，苏联政府决定参加这次展览并由建筑设计师 Б.约凡设计苏联展馆的标志性作品。按照约凡的构思，苏联展览馆建筑上还应有一座组雕。于是，在苏联国内搞了一次雕塑设计方案竞标活动。著名雕塑家 В.安德烈耶夫、Б.科罗廖夫、М.马尼泽尔、В.穆希娜和 И.夏德尔等人均参加了竞标，唯独穆希娜的群雕《工人和女庄员》中标并于 1937 年完成了这个雕塑的创作。

《工人和女庄员》是个双人雕塑。工人和女庄员肩并肩，高举着镰刀和锤头，昂首阔步，势不可挡地奔向前方。他俩的气势雄伟，是"苏维埃时代的理想和象征"。这尊雕塑深受广大苏联人民的喜爱，也博得世界著名文化人士的赞扬。法国作家罗曼·罗兰说："在塞纳河畔的国际博览会上，两位年轻的苏联巨人高举着镰刀和锤头，

雕塑《工人和女庄员》

以不可遏止的姿态飞翔，并且我们似乎听到从他们胸中涌出一首英雄的颂歌，号召各国人民奔向自由、团结，并引导他们走向胜利。"

高达33米的银色的《工人和女庄员》雕像耸入云霄，仿佛嵌入一片蓝天之中，并在阳光照射下熠熠闪光。《工人和女庄员》这件雕塑艺术珍品把穆希娜载入20世纪俄罗斯雕塑的史册，也让她的名字誉满全球。

从1947年起，雕像《工人和女庄员》成为莫斯科电影制片厂影片的片头，随着苏联影片发行到苏联和世界各地。凡观看莫斯科电影制片厂制作的影片的观众，首先会看到穆辛娜的这个组雕。

穆辛娜1918年与著名的外科医生阿列克谢·扎姆科夫结婚。扎姆科夫早年参加革命运动，后来看到革命中有相互残杀的现象，于是离开了革命活动。他认为"应当治病救人，而不是杀人。"扎姆科夫后来一直从医，救死扶伤，名扬全国。他曾为苏联的党政活动家莫洛托夫、加里宁，作家高尔基和社会活动家克拉拉·蔡特金等人治过病。他的医术高超，享有盛誉，但在1938年遭到迫害，被迫离开他创建的医学研究所，不久便郁闷成疾离世而去。

扎姆科夫留给世人最后一句话是："我尽自己所能，为人们做了一切。"

扎姆科夫和穆欣娜之墓

　　扎姆科夫去世后，穆辛娜亲自为丈夫制作了墓上雕，并且把丈夫的临终遗言镌刻在上面。

　　穆辛娜在弥留之际也留给世人一句话，三个单词就言简意赅地表达出同样的意思：

　　"我也如此。"

　　扎姆科夫医生用自己精湛的医术拯救人们的性命，雕塑家穆希娜用自己优美的艺术品给人们带来美的享受，他们都永远值得后人缅怀和纪念！他俩留给世人的两句遗言更堪称经典，令人永远铭记！

（2013 年 3 月 17 日）

我尽自己所能，为人们做了一切

我也如此

被"命运捉弄"而成名

——俄罗斯电影导演梁赞诺夫与莫斯科的桑杜诺夫澡堂

　　凡看过俄罗斯影片《命运的捉弄》的人，都会记得男主人公叶甫盖尼·卢卡申与几位好友在澡堂泡澡喝酒的情节。俄罗斯人素有新年前泡澡的习俗，因此，电影导演梁赞诺夫的安排完全符合俄罗斯人的习惯，而影片中的澡堂也是梁赞诺夫精心挑选的莫斯科桑杜诺夫澡堂。

叶甫盖尼·卢卡申与几位好友在澡堂泡澡

《命运的捉弄》影照

影片《命运的捉弄》的故事情节很简单：新年前夜的莫斯科，外科医生叶夫盖尼·卢卡申结婚前夜在公共澡堂里与几个好友喝得酩酊大醉，糊里糊涂地错上了从莫斯科飞往列宁格勒的飞机。飞机抵达列宁格勒后，出租车司机又把叶夫盖尼·卢卡申送到了列宁格勒市同一街名且同门牌的大楼前。他走上楼梯，找到了相同的门号，打开门便一头栽在床上酣睡起来。这家房主娜佳回来后大吃一惊，经过一场争执弄清了误会，娜佳的男友与叶夫盖尼的女友因这件事愤然离去，而阴差阳错碰到一起的这对男女主角却成了眷属。

《命运的捉弄》这部影片在俄罗斯享有盛誉，30多年来上演长盛不衰。它就像陈坛老酒，越陈越香，观众越品越有味道。那么，人们不禁要问，梁赞诺夫为什么要在影片中不惜镜头地安排男主人公在澡堂的情节呢？这里有必要讲讲梁赞诺夫导演影片的一个特征：梁赞诺夫喜欢选择俄罗斯的某个地方，尤其是莫斯科的著名街道或地点作为影片的拍摄背景。如，影片《办公室的故事》的地点在莫斯科市中心的彼得洛夫卡和铁匠桥大街拐角的霍米亚科夫的故居；影片《两个人的车站》的车站是列宁格勒的维堡车站和莫斯科的里加车站；影片《老强盗》的建筑物是莫斯科大学的新闻系大楼；《没有地址的姑娘》的拍摄背景是莫斯科的全苏时装之家；《命运的捉弄》男主人公与几位好友在新年前泡澡的澡堂就是著名的莫斯科桑杜诺夫澡堂……

　　桑杜诺夫澡堂如今坐落在桑杜诺夫大楼里，这个大楼建成于 1895 年，以桑杜诺夫家族命名。但桑杜诺夫澡堂的历史比这座大楼建成的年代还要久远，大概出现在 18 世纪末叶卡捷琳娜二世女皇时代。据说，这个澡堂的出现与在彼得堡发生的一件逸闻有关。叶卡捷琳娜二世执政时代，彼得堡皇家剧院的演员 C.桑杜诺夫（1756—1820）与女演员 И.乌拉诺娃（1772—1826）产生了一段刻骨铭心的爱情。但是，叶卡捷琳娜二世的宠臣，皇室侍从长 A.别兹波罗德卡公爵（1746—1799）也追求乌拉诺娃，为此他用阴谋诡计把桑杜诺夫从皇家剧院解聘了。乌拉诺娃为了自己的爱情只好求救于叶卡捷琳娜二世。女皇出面庇护这对热恋的年轻人，把剧院经理赫拉波维茨基和萨莫伊罗夫解聘，并且让别兹波罗德卡别再追求乌拉诺娃。于是，别兹波罗德卡停止纠缠乌拉诺娃，为了表示自己彻底"悔过"，在桑杜诺夫和乌拉诺娃婚

莫斯科桑杜诺夫澡堂

桑杜诺夫澡堂

礼（1791 年 2 月 14 日）之际，别兹波罗德卡还把一盒珍贵的钻石赠送给新婚夫妇。可这对新人并没有将之存为己有，而是将钻石变卖，用所得资金在莫斯科市中心的涅格林大街建造了一个十分豪华的澡堂，起名为桑杜诺夫澡堂。后来，这家澡堂易主，新主人菲尔山诺娃在此地修建了一座豪华的大楼，不仅外部美观，而且内部装潢华丽，尤其是内部的客房。其中，最贵的客房由衣帽间、客厅、小客厅、澡堂和蒸汽浴室 5 个部分组成。菲尔山诺娃这个女人很有经商头脑，她没有改变桑杜诺夫澡堂的名称，因为桑杜诺夫澡堂在当时已经十分有名，已经成为莫斯科的一张名片。

当年，在桑杜诺夫浴室洗澡的不仅有莫斯科的达官贵人，而且还有像诗人 А. 普希金、作家 Л. 托尔斯泰、歌唱家 Ф. 夏利亚宾等社会各界的名流。那时候，人们每当去洗澡都要说一句"祝你洗得舒服"（С легким паром!）这就是为什么影片《命运的捉弄》的俄文全名为"Ирония судьбы，или с легким паром!"（《命运的捉弄，或者祝你洗得舒服》）

梁赞诺夫是当今俄罗斯的大腕导演，可他走上电影导演之路，纯粹是"命运的捉弄"。那件事发生在 1944 年夏天的莫斯科，他刚中学毕业，正在犹豫该报考哪个大学。有一天，他在路上碰到自己的一位好友，那位正要去报考莫斯科电影学院，并询问梁赞诺夫的报考意向。梁赞诺夫说自己尚未想好。这时他的朋友便说，那咱

导演梁赞诺夫

们一起报考电影学院吧。说完后他便把梁赞诺夫带到了电影学院。到电影学院一看，各个系招生均有一定的要求。比如，想报考摄影系的学生必须提交自己的摄影习作；报考美术系的要提交自己的绘画作品；报考文学系的要有自己发表的作品；报考表演系的需要有一表人才……而唯独导演系对考生没有什么具体要求。梁赞诺夫说，自己既没有绘画作品，也没有发表过什么文字作品，更不会摄影，长相还一般，那只能报考导演系了。就这样，他纯粹是开玩笑地走进了导演系的考场……未想到，他几个月后接到了莫斯科电影学院导演系的录取通知书，成了当时大名鼎鼎的电影导演 Г. 科金采夫的学生，还有机会聆听电影大师 С. 爱森斯坦等人的课程并接受真传。难道这不是"命运的捉弄"？

　　梁赞诺夫毕业后被分配到苏联新闻纪录片制片厂，从事纪录片的拍摄工作，一干就是 5 年。莫斯科电影制品厂厂长、著名的电影导演 И. 佩利耶夫发现了梁赞诺夫的喜剧艺术才能，在梁赞诺夫导演了苏联的第一部宽银幕影片《春之声》之后，就让他专门从事喜剧电影创作。可以说，这又是一次"命运的捉弄"。

　　梁赞诺夫导演的第一部喜剧片《狂欢节之夜》（1956）不但让他一举成名，而且也给苏联影坛推出了 Л.古尔琴柯、И.伊利因斯基和 Ю.别洛夫几位影星，还让作曲家 А.列平创作的电影插曲《五分钟》唱红了整个苏维埃大地。此后，梁赞诺夫的导演创作一发不可收，执导了一系列的喜剧精品。如《没有地址的姑娘》（1957）、《骠骑兵之歌》（1962）、《请还给我告状簿》（1964）、《请保护汽车》（1966）、《老强盗》（1972）、《意大利人在俄罗斯的奇遇》（1973）、《命运的捉弄》（1975）、《办公室的故事》（1977）和《两个人的车站》（1982），等等。此外，梁赞诺夫还根据 19 世纪俄罗斯剧作家 А.奥斯特洛夫斯基的剧作改编并导演了影片《残酷的浪漫史》（1984）以及《被遗忘的长笛曲》（1987）。

梁赞诺夫导演的影片家喻户晓，老幼皆知。梁赞诺夫还是苏联以及俄罗斯电影界的一位 "不老松"。他宝刀不老，21 世纪以来又导演了《静静的深渊》（2000）、《卧室的钥匙》（2003）和《安德森，无爱的生活》（2006）等影片。迄今为止，梁赞诺夫总共拍摄了 7 部纪录片、28 部艺术片，撰写电影剧本 22 部，参拍影片 20 部，制片 2 部，是位集电影导演、电影剧作家、演员、作家、诗人和制片人为一身的著名电影人，成为苏联和俄罗斯电影界的传奇式人物。由于他对苏联电影的贡献，他早在 1984 年获得了苏联人民演员的称号，并且获得了苏联国家奖金、劳动红旗勋章、各民族友谊勋章、"为祖国贡献"勋章等近 50 种勋章和奖项。

梁赞诺夫是位具有深邃洞察力的艺术家和理解观众需求的喜剧大师。他导演的喜剧片把风趣与滑稽、快乐与悲伤、严肃与活泼、欢快与忧郁有机地糅合在一起，创作了一种耳目一新的喜剧片。

梁赞诺夫善于发现人才，易于与演员合作，全无大牌导演那种独断专行、颐指气使的作风，因此他是电影演员的良师益友，受到演员和剧组人员的爱戴和尊敬。

梁赞诺夫在中国的知名度也很高，他 20 世纪执导的几部喜剧影片均被译成中文在中国上演，深受广大中国观众的喜爱。上星期日是梁赞诺夫 85 岁生日，我这位中国观众祝愿他健康长寿，永葆创作青春！

（2012 年 11 月 25 日）

附言：

梁赞诺夫 2015 年 11 月 30 日病逝，享年 89 岁。12 月 3 日下葬于莫斯科新圣母公墓。梁赞诺夫独具一格的创作个性永远令世人怀念。诚如俄罗斯总统普京所说，梁赞诺夫 "执导的出色影片成为我国电影的真正经典，是我们民族的财富和国家历史的一部分。"

他的名字将永远留在俄罗斯电影史上

——俄罗斯著名导演 Д.托多罗夫斯基

看过苏联影片《战地浪漫曲》的中国观众都会清楚地记得，影片中那位站在斯维尔德洛夫广场上吆喝着卖包子的柳笆。影片结束后，她喊的"包子，热乎的包子"还久久地回响在观众耳边……这部影片的导演就是 Д.托多罗夫斯基。

柳笆在叫卖包子

电影导演托多罗夫斯基

　　托多罗夫斯基是俄罗斯电影界的一位集摄影师、剧作家、作曲家、演员和导演于一身的俄罗斯电影艺术家。作为摄影师，托多罗夫斯基拍摄了《摩尔达瓦之歌》（1955）、《滨河街上的春天》（1956）、《我的女儿》（1956）、《两个费多尔》（1958）和《渴》（1959）等6部影片；作为导演，他执导了《从来没有》（1962）、《忠诚》（1965）、《技师加弗里洛夫的心上人》（1981）、《战地浪漫曲》（1983）和《国际女郎》（1989）等17部影片；作为演员，他在《五月》（1970）、《泥泞地》（1977）和《学员们》（2004）等影片中担任角色；作为作曲家，他为《比飓风还厉害》（1960）、《南方的十字架在我们头上》（1965）、《工人村》（1965）、《战地浪漫曲》（1983）、《国际女郎》（1989）和《跳一次，再跳一次》（1992）等14部影片创作了音乐，并且这些影片以及其他共15部电影脚本也出自他之手。

　　托多罗夫斯基从1962年就开始做导演，他执导的影片《技师加弗里洛夫的心上人》引起观众对他的注意，但真正让托多罗夫斯基成名的是影片《战地浪漫曲》。

　　《战地浪漫曲》曾经在中国上演，其故事内容概括如下：卫国战争期间，战士萨沙·涅图日林爱上了女卫生员柳笆，可柳笆却是自己的顶头上司米罗诺夫少校的情妇，因此，萨沙只能对柳笆单相思，在一场生死决战之前，他向自己的偶像柳笆献上了一束战地野花。

　　战后，萨沙和柳笆流落一方，再无联系。几年后，一次偶然的机会让他俩重新邂逅。但这时萨沙已经是有妇之夫，妻子是教师薇拉，而柳笆的少校情人已经牺牲，她如今独自抚养着他们的女儿。由于生活所迫，不得不在广场上叫卖包子。这次会面后，在萨沙心中重新燃起了对柳笆昔日的爱情，他开始关照柳笆，他的妻子薇拉也理解他的感情，甚至对他的行为给予宽容。

　　《战地浪漫曲》的故事来自于导演托多罗夫斯基的亲身经历。托多罗夫斯基参加过卫国战争，战后，1950年的冬天，有一天他路过莫斯科中心的中央百货商店，突然听到有个女人用嘶哑的嗓子高声叫卖馅饼，他回头一看，简直有点不敢相信自己的眼睛。因为叫卖的妇女不是别人，而是他们当年部队中的"女神"柳笆！她身穿一件油乎乎的坎肩，带着无指手套在叫卖。这个景象就像晴天霹雳一样：当年的绝色美女、军中女神怎么落到这种地步？！她的生活中究竟发生了什么？

　　虽然过去了30多年，但街头邂逅柳笆的那一幕让托多罗夫斯基久久不能平静，并且深深映入他的脑海中。因此，他执导了《战地浪漫曲》，他想用这部影片告诉人们，在卫国战争中浴血奋战的一些战士在战后的日子并不轻松，不少人还过着艰难的生活，以此唤醒人们正视赤裸裸的现实！

　　影片《战地浪漫曲》在苏联上演大获成功，1984年还被提名为"奥斯卡最佳外语片"奖。

　　影片《国际女郎》是托多罗夫斯基导演的又一力作，是根据作家弗·库宁的同名小说搬上银幕的。对于专门拍摄战争题材的托多罗夫斯基来说，执导《国际女郎》是他的一次大胆而重要的尝试。

　　影片《国际女郎》叙述了一位名叫塔尼娅·扎伊采娃的俄罗斯妓女的悲剧命运，影片是戈尔巴乔夫改革时代的一部极有代表性的道德伦理片，影片上映后在苏联引起了一场轩然大波。

　　塔尼娅是一位聪明美丽的姑娘。她在一家医院当护士，她母亲是学校的教师，母女俩过着普通俄罗斯人的生活。但是，戈尔巴乔夫的改革和新思维引起了年轻一代人思想的重大变化。一些青年希望到西方去实现自己的人生价值和梦想。还有些青年只追求物质的享受，为了达到物质的满足不惜代价，甚至出卖自己的肉体。

　　影片女主人公塔尼娅就是这样一位俄罗斯姑娘。她为能过上有住房、汽车和钱

国际女郎 - 塔尼娅

托多罗夫斯基之墓

财的生活，成了专门向外国人卖淫的"国际女郎"。她在一次接客时认识了瑞典工程师拉尔森，后者向塔尼娅求婚，两人很快就结合了。瑞典工程师娶塔尼娅是为了达到心理和生理的满足，而塔尼娅嫁给他是为了圆自己的物质生活梦。结婚后经过一番周折，塔尼娅去了斯德哥尔摩，她有了汽车，住房……但是，塔尼娅在瑞典既不懂语言，又没有文凭，她无法工作，整天待在家中，无聊至极。因此她倍加思念俄罗斯和自己的母亲。另一方面，瑞典丈夫对塔尼娅的激情很快就冷却了。再加上妓女生涯让塔尼亚失去了生育的能力，丈夫对此更加不满。因此，塔尼娅陷入极度的苦闷之中。

塔尼娅的母亲因女儿的不光彩行为遭到周围人们，甚至自己学生的讽刺和侮辱。她用自杀结束了自己孤独的一生。得知母亲的不幸遭遇后，塔尼娅悲痛万分并且深感内疚，她决定回莫斯科。在痛苦思念的精神恍惚中，她在去机场的车祸中丧生。

塔尼娅是追求物质享受、拜金主义的牺牲品。影片《国际女郎》通过塔尼娅的人生悲剧给许多年轻姑娘敲起了警钟：绝不能走"国际女郎"的路。

托多罗夫斯基导演的影片真实、感人，充满人情味，力求表现人物的内心活动。2008年，托多罗夫斯基拍完自己执导的最后一部影片《丽奥丽塔》后，因身体原因离开了摄影棚。2013年5月24日他驾鹤仙去。

托多罗夫斯基的去世是俄罗斯电影界的重大损失。他为俄罗斯电影文化的发展做出了巨大的贡献，他执导的影片不会随着时间的流逝而被人遗忘，他的名字将永远留在俄罗斯艺术史上。

（2013年6月9日）

被遗忘的俄罗斯人民演员萨莫伊洛娃

　　昨晚，俄罗斯国家电视台第一频道《大家谈》节目上，主持人 A. 马拉霍夫请来了嘉宾——俄罗斯人民演员塔基杨娜·萨莫伊洛娃，我边看节目边掀动自己的记忆……

　　萨莫伊洛娃在自己 23 岁那年因扮演影片《雁南飞》中的女主人公薇罗尼卡一夜成名，成为许多苏联影迷的偶像，也征服了世界许多国家的观众。影片中那位光着脚跑在莫斯科大街上、头发让风吹得散乱的少女薇罗尼卡赢得了整个欧洲电影界人士的赞誉，就连西班牙绘画大师毕加索都被她的美貌和演技折服，希望"与这位普

塔基杨娜·萨莫伊洛娃

塔基杨娜在影片《雁南飞》中扮演维罗妮卡

通的莫斯科姑娘认识，因为她很快就会成为世界银幕的一颗新星。"影片获"金棕榈奖"奖后，好莱坞电影公司在法国就邀请她与法国著名影星钱拉·菲利普出演影片《安娜·卡列尼娜》的男女主角，萨莫伊洛娃顿时跃为世界影坛的新星……

　　这部影片当时在苏联国内并不被一些人看好，尤其是时任苏联最高领导人的赫鲁晓夫对这部影片简直是嗤之以鼻，他不但批评了这部影片，而且称影片的女主人公薇罗尼卡是"披头散发的荡妇"。影片在法国获"金棕榈奖"后，因为有赫鲁晓夫对影片的"定位"，苏联报刊也只是出了短短一则消息，既没有报导影片《雁南飞》的剧作者和导演的名字，也没有刊登一张电影剧照……

　　其实，萨莫伊洛娃扮演薇罗尼卡纯属偶然。因为导演原来选的是当时红极一时的著名演员 E.多博拉诺拉娃，但萨莫伊洛娃试镜头后，她那靓丽的容颜和高傲自信的气质一下子让导演改变了主意，决定让萨莫伊洛娃扮演影片的女主角薇罗尼卡。

　　萨莫伊洛娃 1934 年生于列宁格勒的一个演员的家庭，其父是苏联著名的电影演员 E.萨莫伊洛夫，曾主演过影片《四人之心》和《战后一个傍晚的 6 点钟》的男主人公。萨莫伊洛娃小时候学过芭蕾，师从著名的芭蕾舞大师马伊娅·普利谢茨卡娅，后来又考入戏剧学校，转为学习表演艺术。

　　11 岁的时候，萨莫伊洛娃与父亲曾经有过这样一段对话：

　　萨莫伊洛娃的父亲祝贺女儿的生日，说：

　　"女儿，我希望在你的人生中，实现隐藏在心中的一个最最珍贵的愿望，究竟是什么愿望——你长大就会明白。"

　　父亲的话音刚落，小萨莫伊洛娃就回答：

　　"我现在已经猜到了！我希望像你一样去拍电影，然后走在大街上让许多人都认出来！"

　　小萨莫伊洛娃与父亲的这段话可以解释她为什么最后走上了演艺的道路。

　　萨莫伊洛娃上过三个艺术学校（芭蕾舞学校、戏剧学校和电影学院），拍过 22 部影片，其中主演了 3 部（《雁南飞》《一封没有发出的信》和《安娜·卡列尼娜》）。

　　但是，萨莫伊洛娃近年来几乎从影坛和观众的视野中消失了，她深居简出，过着孤独、贫困和被人遗忘的生活。她在拍《雁南飞》时患上了肺病，之后病魔一直折磨着她。她未老先衰，她还曾经两次离家出走，在医院度过时日……再加上社会上的流言四起，说远在美国的儿子不看望她，甚至连电话也不打，还说她在巴黎的弟弟与她不来往……更有甚者，时而说她服毒自杀，时而又说她疯了，被送进了精神病院……这一切让俄罗斯观众产生了种种的猜测和疑问。然而，萨莫伊洛娃在 2012 年 9 月 22 日出现在俄罗斯国家电视台一频道的《大家谈》节目上，这在一定程度上消除了俄罗斯观众的种种猜测和疑问。在当晚的节目中，虽然可以看出萨莫伊洛娃的身体羸弱，说话也不大利索（她的脑血管循环紊乱），但是，她的弟弟阿列

塔基杨娜·萨莫伊洛娃和瓦西里·兰诺沃伊在影片《安娜·卡列尼娜》中扮演安娜和弗龙斯基

克谢专程从法国来到了现场，她的儿子德米特里在美国通过视频向她问候，曾经参拍影片《雁南飞》的许多演员也来到现场问候她，给她献花……这表明萨莫伊洛娃不但有亲人的关心，而且还有朋友的惦念和影迷的问候，她并没有被社会和观众遗忘。因此萨莫伊洛娃说，"观众对我的爱至今温暖着我的心。我在大街上，经常有人向我走过来，吻我，向我献花，送给我西红柿和面包圈……不管怎么说，我是个幸福的人。"

　　但萨莫伊洛娃有自己的不幸。她从小体弱多病，用她的话说，"没有药就活不下去"。她先后四次结婚，可如今依然孑然一身，过着寡居的生活。她一生唯一的真爱是苏联人民演员 B.拉诺沃伊（主演过影片《保尔·柯察金》的主人公保尔·柯察金，影片《安娜·卡列尼娜》中的弗龙斯基和影片《战争与和平》的库拉金公爵）。

　　萨莫伊洛娃与拉诺沃伊是在莫斯科史楚金戏剧学校认识的。他俩同为该校的学生。拉诺沃伊那时长得一表人才，是女生心中的白马王子，引来一大群追求的女孩子，但他久久没有做出选择，直到有一天在学校大楼走廊里见到了一位姑娘，就被那位姑娘的一双深邃凤眼所俘虏！从那天起，他俩就整天一起学习、散步、准备考试和阅读俄罗斯文学和世界名著……拉诺沃伊经常对塔基杨娜说："塔尼亚，我需要你就像需要空气一样！"听到这句话，塔基杨娜便含情脉脉地望着他，感到无比的幸福。1955 年他俩结了婚。塔基杨娜给瓦西里买的结婚礼物是一条内裤，而瓦西里给塔基杨娜买的结婚礼物是一件背心。那时候的结婚礼物也太简单了！太好笑了！塔基杨娜后来不止一次说，只有与拉诺沃伊的婚姻感情生活是最幸福的。遗憾的是他们最终分手了……

萨莫伊洛娃的青春倩影

老年的萨莫伊洛娃

　　原因是在排演影片《雁南飞》时，塔基杨娜已怀有 4 个月的身孕，校长把塔基杨娜和瓦西里叫去训了一顿，让他们在当演员和做父母之间做出选择。瓦西里反对堕胎，可塔基杨娜认为这个孩子不能要，否则不但戏剧学校毕不了业，出演《雁南飞》中女主角一事也会泡汤。于是她断然把腹中的孩子做掉了。后来发现，她怀的还是个双胞胎！当医生把已有定形的胎儿抛进垃圾桶时，塔基杨娜失声痛哭，但为时已晚……后来，他们长期不在一起，塔基杨娜因在《雁南飞》扮演薇罗妮卡一角一举成名后周游世界各地，而瓦西里因扮演保尔·柯察金去了中国。等到再相逢时两人如同陌路，爱情的小船在幸福的湖中只荡漾了 3 年就翻了……他俩再度见面已是 7 年后了。塔基杨娜出演影片《安娜·卡列尼娜》的女主人公安娜，拉诺沃伊扮演该片中安娜的情人弗龙斯基。他们在影片中虽是情人，但在现实生活中已毫无感情瓜葛，因为塔基杨娜和瓦西里都有了自己的配偶，再则双方的感情早已冷却……

　　萨莫伊洛娃是俄罗斯人民演员称号获得者，但退休金只有 1 万 5 千卢布（折合500 美金），在当今莫斯科 5 美金 1 公斤西红柿的物价下，日子过得确实有些捉襟见肘。因此萨莫伊洛娃说，国家给的"这不是退休金，而是对退休人员的嘲弄！"她生活的窘迫状态可以从她昨晚做客电视节目的衣着看出来，她穿的衣服简陋，丝毫看不出当年曾主导过苏联女青年的衣着打扮的新潮。此外，就是这位身患重病的老人现在还要为了生计工作，还要为了看病吃药去赚钱……对这位年近 80 岁的老人来说，这真有点残酷，但俄罗斯的现状就是如此，有这样遭遇的演员也不止萨莫伊洛娃一人！

　　我衷心希望萨莫伊洛娃的生活状况能有所改善，幸福地安度晚年。

（2012 年 9 月 23 日）

俄罗斯一代电影巨星陨落

——苏联人民演员柳德米拉·古尔琴珂去世

今天 (2011 年 3 月 31 日) 早晨跑步，突然看到电视屏幕上柳德米拉·古尔琴珂主演的影片镜头闪回，我立刻有一种不祥的预感，难道这位为广大观众热爱的女演员……没等几分钟播音员就播报了古尔琴珂于昨晚去世的消息。

一些中国观众可能对古尔琴珂这个名字感到陌生，但一提起苏联影片《两个人的车站》中的女主角薇拉，绝大多数中国影迷大概都会记得。在影片中扮演薇拉的就是女演员古尔琴珂。

影片《两个人的车站》

影片《狂欢节之夜》

一代巨星古尔琴珂

　　人的生命真是脆弱！两天前，古尔琴珂还与著名导演梁赞诺夫通过电话，说自己感觉很好，手术后正重新学习走路，请梁赞诺夫别为她担心。梁赞诺夫接完电话后对家人说："柳霞的声音听起来很有力量。"昨天傍晚 18 点 30 分，古尔琴珂还坐在客厅里喝茶，与丈夫聊天。突然，她对丈夫说自己出气有些困难，并且感到胸口剧痛。话声刚落她就一头倒在那里，失去了知觉。丈夫赶紧把她抱到卧室，慢慢放到床上做人工呼吸，并于 18 点 48 分打电话叫急救车。

　　莫斯科这个时间恰恰是堵车高峰，从急救中心到古尔琴珂家仅有 2.7 公里的路程，尽管急救车多次违反交规，可等到 21 分钟后医护人员进了古尔琴珂的家，她早已停止了呼吸……影坛一代巨星，被誉为俄罗斯的玛丽莲·梦露的古尔琴珂就这样走了。

　　古尔琴珂 1935 年出生于俄罗斯的哈尔科夫。中学毕业后考入莫斯科电影学院。1956 年在影片《真理之路》中初登银幕，同年在导演梁赞诺夫的影片《狂欢节之夜》里扮演女大学生莲娜·克雷洛娃，该片上演后大获成功，古尔琴珂也一举成名，成为影坛新星。接着，她在影片《拿吉他的姑娘》（1957）里出演女主角。但此后 9 年息影，据说原因是影片《狂欢节之夜》有讽刺苏联的官僚主义之嫌，再加上她在第 6 届世界青年联欢节期间拒绝为克格勃服务，于是被打入了冷宫。9 年后，她重新出山，凭着自己出色的演技一拍便不可收，一生共拍了 90 多部片子，她最后的一部影片叫《多彩的黄昏》（2010），她在其中扮演歌唱家安娜。此外，她还参加过多部电视连续剧的拍摄和舞台演出。

　　古尔琴珂还是一位出色的女中音，经常为影片演唱主题歌和插曲。总之，柳德米拉·古尔琴珂是位多才多艺的艺术家，她从 1983 年就成为苏联人民演员，并且获得苏联和俄罗斯的各种大奖和荣誉。

　　2011年是古尔琴珂的多难之秋。2月14日情人节那天，她在自己家附近摔了一跤，结果把髌骨摔坏，这对于老年人是灾难性的骨折，因为很难愈合。当时医生预料古尔琴珂从此后要卧床不起。更为夸张的是，一位当红俄罗斯歌星阿尼达在网上发布信息，说"苏联人民演员古尔琴珂在莫斯科自己家中去世。"这一消息顿时传遍了整个莫斯科，于是，一些朋友给古尔琴珂的丈夫 C.谢宁打电话慰问，许多粉丝前来她的寓所，送鲜花"吊唁"……这弄得丈夫谢尔盖·谢宁啼笑皆非，只好公开辟谣，才算平息了一场"死亡"风波。

　　古尔琴珂于3月7日手术后出院，医生认为手术很成功，并且希望这位女演员能够重新站立起来，重返她心爱的屏幕和舞台。可谁都没有料到20多天后她突然撒手人寰……给喜爱她的广大观众留下了无限的遗憾和惋惜。

　　古尔琴珂感情豪放，但是性情倔犟。她一生经历了多次的感情波折。其中第四任丈夫就是著名歌唱家科布松。古尔琴珂与著名歌唱家科布松虽同在莫斯科，且都是俄罗斯艺术界的名人，但离婚后40年没有任何来往。昨天得知古尔琴珂去世的消息，科布松在尼古拉教堂专门为古尔琴珂预定了祈祷，安慰她的亡灵。

　　昨天，有不少影剧导演、演员、音乐家和古尔琴珂在莫斯科的几千名粉丝手捧鲜花、蜡烛和照片，顶着蒙蒙的春雨前来莫斯科中央文学家大厦，与这位女艺术家的遗体告别。其中有著名导演梁赞诺夫、H.米哈尔科夫、C.索罗维约夫；歌星 Φ.基尔克罗夫、K.奥尔芭卡伊泽等人。古尔琴珂热爱自己的观众，观众也以同样的感情回报她。

　　值得提一下的是，古尔琴珂的女儿玛利亚已经有20多年与她断绝了往来，母女俩"鸡犬之声相闻，老死不相往来"。可玛利亚从电视上得知母亲的死讯后，也捧

古尔琴珂之墓

古尔琴珂—俄罗斯的梦露

古尔琴珂的女儿玛利亚带着曾外孙女来到墓地

着一大束白菊花来向母亲的遗体告别,在母亲的棺木旁轻声地请求母亲的原谅。她说:"妈妈,请原谅!"她对记者说:"不管怎样,柳德米拉是我的亲妈,现在她去世了,我成了彻底的孤儿。此刻我很难去谈我俩的关系,请理解我的心情……"

14点,古尔琴珂在俄罗斯国歌和礼炮声中被下葬在新圣母公墓,与她生前的朋友 B.吉洪诺夫、M.乌里扬诺夫、O.扬科夫斯基、T.什梅加等人相邻为伴。

古尔琴珂的一位粉丝说,"古尔琴珂对于我就是节日、快乐、童年和青年时代的代名词;她让我在任何年纪都能乐观地看待事物,当你感到自己心情不好的时候,只要看见她的形象,心情就会好一些。"

还有人认为,"古尔琴珂的去世带走了俄罗斯电影的黄金时代,对一部分人来说,她是一代人的象征。她是我们的青春,是整整一个时代。"

古尔琴珂为人低调,生前不让人称她是伟大的演员。但人们今天可以大声地讲出这句话:"古尔琴珂——您真伟大!"

(2011年3月31)

附记:

如今,古尔琴珂的女儿玛利亚也已当上了外婆。她的女儿叶莲娜有一个三岁的女儿。玛利亚带着自己的女儿和小外孙来母亲的墓前。

在玛利亚和三岁的小外孙之间有一段对话:

小外孙女手指着古尔琴柯的遗照,天真地问:"她是谁?"

玛利亚回答说:"她是你的曾外婆。"

小外孙女问:"曾外婆在哪里?"

玛利亚答:"她在天国。"

愿俄罗斯人民演员柳德米拉·古尔琴珂在天国静静地安息!

俄罗斯芭蕾舞一个时代的终结
——悼念芭蕾舞大师普列谢茨卡娅去世

昨天 (2015 年 5 月 1 日)，我从俄罗斯新闻节目获悉，俄罗斯芭蕾舞大师马伊娅·米哈伊洛夫娜·普列谢茨卡娅（1925-2015）在德国慕尼黑因心脏病突发去世，这个消息令我感到突然，因为不久前她还与丈夫作曲家谢德林来过莫斯科，她当时精神矍铄，谈笑风生，谁料几天后她就撒手人寰，这真是人生无常，难以预料！

普列谢茨卡娅是苏联著名的芭蕾舞艺术家，莫斯科大剧院的独舞演员，早在 1959 年就获得苏联人民演员称号。她在芭蕾舞台上驰骋了 65 年，她的芭蕾舞艺术闪耀着人格魅力的光辉。在俄罗斯和世界上有千百万观众知道她，喜爱她，模仿她和羡慕她。因为普列谢茨卡娅用自己的芭蕾舞艺术创造了一个神话。普列谢茨卡娅的名言"重要的是跳出音乐，而不是在音乐伴奏下跳舞"已经成为几代俄罗斯芭蕾舞演员的座右铭。

普列谢茨卡娅 1925 年生于莫斯科一个犹太人外交官的家庭。母亲是无声电影演员，她的舅舅和姨妈都是莫斯科大剧院的芭蕾舞演员。在这种家庭的氛围下，她从小就爱上芭蕾舞。1934 年普列谢茨卡娅进入莫斯科舞蹈学校学习，师从著名舞蹈教师 Л.雅科布松。后者发现了普列谢茨卡娅的天然素质和舞蹈才能，对她悉心指导、精心培养。

普列谢茨卡娅在芭蕾舞台上第一次演出是卫国战争开始前夕，即 1941 年 6 月 21 日。那天她作为莫斯科舞蹈学校的学生在莫斯科大剧院分院（如今的莫斯科滑稽歌剧院）演出，开始了她的舞台演出生涯。卫国战争期间，她与姨妈一家撤到斯维尔德洛夫斯克（如今的叶卡捷琳堡），她的芭蕾舞处女作《天鹅之死》就诞生在那个城市。此后，芭蕾舞小品《天鹅之死》就成为普列谢茨卡娅的名片和象征。1943 年，她从莫斯科舞蹈学校毕业后进入大剧院芭蕾舞团，不久便成为独舞演员。乌兰诺娃

普列谢茨卡娅的《天鹅之死》

离开舞台后，普列谢茨卡娅成了大剧院芭蕾舞的台柱子。

普列谢茨卡娅天生适合跳芭蕾舞。她的两腿颀长、弹跳力强，善于旋转，乐感也很好。此外，她的舞姿轻盈，动作优雅，技巧超群，感情奔放，把芭蕾舞艺术推向了高峰。每次演出当大剧院乐队奏起了柴可夫斯基的音乐，她浑身顿时充满了动感，有一种舞到永远的感觉。她曾经在《天鹅湖》《堂吉诃德》《罗密欧与朱丽叶》《睡美人》《宝石花》《斯巴达克》和《爱情的传说》等芭蕾舞剧中扮演主要角色。70 年代，普列谢茨卡娅自编自演了芭蕾舞剧《安娜·卡列尼娜》。此后，她还在《卡门组曲》《序曲》《凋落的玫瑰》和《邓肯》等芭蕾舞剧中扮演角色。

1964 年，尤里·格里戈罗维奇任大剧院芭蕾舞团的总编导，普列谢茨卡娅与格里戈罗维奇开始有了恩怨。此后，她虽与格里戈罗维奇有过合作，但她那桀骜不驯的性格让他们之间的隔阂逐年加深，结果是她在大剧院的舞台上演出机会日益减少，她确实变成了大剧院舞台上的一只"死天鹅"。

从 80 年代开始，普列谢茨卡娅与丈夫 Л.谢德林开始去国外谋求生计。她曾先后任罗马歌剧舞剧院和西班牙国家芭蕾舞团的艺术总监。1990 年，普列谢茨卡娅被大剧院彻底解职（与她同时被解职的还有著名芭蕾舞家 В.瓦西里耶夫、E.马克西

普列谢茨卡娅的舞姿

莫娃等人）。但普列谢茨卡娅没有放弃芭蕾舞，用她的话说，"我是为芭蕾舞而生的。"她继续活跃在西方的芭蕾舞界，排演芭蕾舞剧，还经常举办芭蕾舞讲座。不过，普列谢茨卡娅深知，自己离开俄罗斯大地，就失去了艺术的根基和土壤，仿佛"生活在另外的时代……"

　　普列谢茨卡娅曾经为苏联的许多党政领导人演出。斯大林在 1938 年虽下令处决了普列谢茨卡娅的父亲，禁止她出国演出，但他喜欢普列谢茨卡娅的舞技，多次观看她的表演。就在去世前几天，即 1953 年 2 月 27 日，斯大林还在克里姆林宫观看了普列谢茨卡娅主演的《天鹅湖》。赫鲁晓夫更是把普列谢茨卡娅演出的《天鹅湖》当作苏联的一张名片，用这部芭蕾舞剧招待来访的各国首脑和贵宾。勃列日涅夫也常常把普列谢茨卡娅扮演的白天鹅视为苏维埃国家爱好和平和人道主义的象征。中国的毛泽东主席在访苏期间也观看过普列谢茨卡娅演出的《天鹅湖》，演出结束后，毛泽东让人把一大束蓝白石竹花献到舞台上。

　　普列谢茨卡娅像许多芭蕾舞女演员一样，有着丰富的个人生活经历。她曾经与

马伊娅·普列谢茨卡娅

芭蕾舞演员 B. 格鲁宾、Э. 卡萨尼和 M. 里耶帕有过短暂的浪漫史,但是自从 1958 年嫁给作曲家 Л. 谢德林后,她才找到了自己感情的真正归属。

苏联解体后,普列谢茨卡娅与丈夫谢德林大多数时间居住在德国的慕尼黑,过着侨民的生活。但普列谢茨卡娅留有遗嘱,等丈夫谢德林去世后将两人的骨灰一起撒在俄罗斯大地上。看来,这位芭蕾舞大师尽管多年侨居国外,还是心系祖国,离不开俄罗斯大地!

著名的俄罗斯舞蹈家,俄罗斯人民演员 H. 齐斯卡利泽认为普列谢茨卡娅是"最伟大的一位艺术家。她不仅对大剧院和俄罗斯芭蕾舞,而且也对世界芭蕾舞的事业做出了贡献。"俄罗斯舞蹈家米哈伊尔·巴雷什尼科夫也指出,普列谢茨卡娅是"我们当代最杰出的和舞姿优雅的芭蕾舞大师之一"。

普列谢茨卡娅去世后,许多俄罗斯人把鲜花献到普列谢茨卡娅曾经工作过的莫斯科大剧院门前,以表对这位芭蕾舞大师的哀悼和敬意。俄罗斯总统普京致电普列谢茨卡娅的亲人和家属表示慰问。俄罗斯东正教牧首基里尔也对普列谢茨卡娅去世表示哀悼。

普列谢茨卡娅继乌兰诺娃、列别申茨卡娅等芭蕾舞大师之后离世,宣告了俄罗斯大剧院芭蕾舞一个时代的终结。

(2015 年 5 月 1 日)

俄罗斯民歌"女皇"柳德米拉·季金娜

前几天，俄罗斯电视台播放了一段报道，说俄罗斯歌唱家柳德米拉·季金娜去世虽已 2 年多，但如今她的墓前依然是下葬时的那个临时木质十字架，这对已故的歌唱家来说实在是极大的不敬。柳德米拉·季金娜留下了千万遗产，据说仅她的金银首饰就值几十万美金。但得到她遗产的亲戚根本顾不上给她的墓前树碑一事。介于这种情况，俄罗斯政府近日做出了决定，专门拨款 250 万卢布（约为 8 万 3 千多美元），为季金娜的墓地制作墓上雕。可见，俄罗斯政府对这位已故的人民艺术家的重视与厚爱。

季金娜是次女高音，声音圆润，音色完美，一生演唱的俄罗斯民歌、浪漫曲和创作歌曲计有两千多首。她在艺术道路上一路走得很辉煌，不但获得了苏联人民演员称号，而且还被誉为俄罗斯民歌的"女皇"。此外，她还是列宁奖金的获得者、社会主义劳动英雄、莫斯科大学荣誉教授、圣安德烈勋章得主。总之，她在苏联和俄罗斯是一位具有顶级荣誉的歌唱家，她的歌声不但征服了数万名观众，而且也深受苏联领导人勃列日涅夫、柯西金、福尔采娃以及后来的俄罗斯总统叶利钦、普京和梅德韦杰夫等人的喜爱。

季金娜曾经与诸多的作曲家，如与弗拉德金、波纳马连科、阿维尔金和帕赫姆托娃等人合作。帕赫姆托娃还是柳德米拉·季金娜的私人好友，她创作的歌曲《向那些伟大的年代致敬》《你为什么喊了我一声》和《小地》等均为季金娜的演唱保留节目。

季金娜创建的"俄罗斯"歌舞团，迄今活跃在俄罗斯和国外的舞台上。

可柳德米拉·季金娜的个人生活却并不幸福。季金娜说自己只会得到男人的爱，却不会爱男人。她虽 4 次结婚，但最后还是孤身一人，没有丈夫，没有孩子，只能

季金娜的临时墓地。季金娜自己没有子女，据说有个侄儿只关心她的遗产，而对制作墓上雕并不上心。后来，听说俄罗斯政府专门拨出巨款为季金娜制作墓上雕，但直到今年年初季金娜的墓上依然立着那个褪色的十字架。

季金娜与作曲家巴赫慕托娃等人合影

季金娜在演唱

俄罗斯民歌女皇季金娜

与自己的爱犬为伴……70 年代，季金娜与一些高官的浪漫史传得沸沸扬扬，甚至传到了国外。据说，季金娜有一次去保加利亚巡演，演出结束后，一位记者请求她向柯西金转达问候，季金娜回答说："如果我见到他一定转达。"那位记者接着吃惊地问，"难道您不是柯西金的妻子？！"其实，传说她与苏联部长会议主席柯西金的恋情，根本是莫须有的事情。

在一次采访中，季金娜谈到自己的感情生活时，倒是提到了这样一件事：有位高级将领（据说是莫斯科卫戍区装甲兵副司令尼·菲利宾柯中将）曾经向季金娜求婚。菲利宾柯有自己的家室，但他表示为了季金娜自己可以离开家庭，只要季金娜一声呼唤，他可以与她一起去天涯海角……季金娜认为菲利宾柯不值得做这样的牺牲，因此拒绝了他。

卫国战争前，季金娜是莫斯科奥尔忠尼启则机床制造厂的一名普通车工，战争爆发后，她在莫斯科郊外野战医院当卫生员。季金娜的演艺生涯是从 1947 年开始的。那年，季金娜在有上千歌手参加的全苏青年歌手大奖赛上获胜，并且是四位获胜者中间唯一的女歌手。之后，季金娜加入了皮亚特尼茨基俄罗斯民间合唱团。季金娜从 1960 年起开始担任独唱演员。后来，她的歌唱技巧日臻完善，成为苏联时期的民歌"女皇"。20 世纪 60 年代，季金娜开始出国巡演，足迹遍及 92 个国家，可谓歌声传遍全世界。

季金娜长期患糖尿病，2007 年做了股骨坏死的移植手术，不久又出现了一次心肌梗塞，这之后健康状况急剧下降，不得已开始了坐轮椅的生活，直至去世。季金

季金娜墓上雕。这尊雕像从形态到神态都酷似我见过的舞台上的季金娜本人,她身穿连衣裙,没有任何首饰,显示出她庄重的演唱风格和朴实无华的台风。这件雕塑佳作为新圣母公墓增添了新的色彩。

娜 2009 年 6 月 10 日去世后葬入新圣母公墓,她的墓地与俄罗斯著名的芭蕾舞大师乌兰诺娃相邻为伴,构成观众参观新圣母公墓的一个参观热点。

我见过季金娜,20 世纪 90 年代初,她在北京海淀体育场举办了演唱会。当时场内的观众并不多,因为季金娜并不为广大中国观众知晓,也不像唱流行歌星有那么多的粉丝。但她的那次演唱会令我感到震撼,她唱的《伏尔加河水奔流》余音绕梁,令我久久难以忘怀……

(2011 年 11 月 19 日)

说不尽的著名歌星阿拉·普加乔娃

——祝贺俄罗斯歌星 65 周年诞辰

　　说实话，我不大喜欢流行音乐歌星，无论中国的还是外国的，大都如此。然而，俄罗斯的流行歌星阿拉·普加乔娃对于我却是个例外。自从 1989 年听她演唱的《国王》一歌，我便被她那极富有个性的演唱风格和稍带沙哑的声音迷住了。于是，我把她出的专辑买回家，百听不厌。1989 年我在现场聆听了她的个人演唱会之后，便成为普加乔娃的一个忠实歌迷（用现在的话说叫铁杆粉丝），认为她像 Д.帕尔涅斯、М.马戈马耶夫、И.科布松等歌唱家一样，是我最喜爱的一位俄罗斯歌唱家。

　　与普加乔娃同时期的女歌唱家还有 С.罗塔鲁、Л.瓦伊古利等人，后几位的唱功并不在普加乔娃之下，但我唯独喜欢普加乔娃，原因是除了她那与众不同的歌声外，还有她的敢爱、敢恨、敢做、敢为的性格。她敢爱，不顾世俗的舆论和偏见，先后 5 次结婚，并且后两任丈夫是"小女婿"，一个是著名歌星 Ф.基尔戈罗夫，年龄比她小 10 多岁，另一个是现任丈夫 М.卡尔金，年龄比她小 27 岁。在对待爱情问题上，普加乔娃就像在自己演唱的歌曲《冰山》中的那位女性，敢于"一头跳进爱的旋涡"，全然不管后果如何。因此，普加乔娃的行为经常让我想起俄罗斯作家 М.肖洛霍夫笔下的顿河哥萨克女子阿克西尼亚（长篇小说《静静的顿河》中的女主人公）；她敢恨，敢于与任何人交恶。不用说她与演艺界的许多人变脸，甚至敢于与俄罗斯社会民主党的党魁 В.日里诺夫斯基对骂，丝毫没有显示出女子的怯懦；她敢做，只要自己愿意什么都敢做，不顾自己的高龄，也不怕已经快当曾外婆，敢于与自己的小丈夫卡尔金生出一对试管婴儿，在 63 岁时再度成为母亲；她敢为，不顾自己浑身病痛，依旧抽烟喝酒，不怕招来人的讥笑，还公开自己的私生活细节。当评委时，敢于把自己不喜欢的参赛演员骂得痛哭流涕，还把后者撵下台去……总之，普加乔娃具有任何一位同时代的女演员都不具备的品质。尽管她的这些做法招来许多人的非议和指

普加乔娃在演唱

贵，但她依然我行我素，对流言蜚语嗤之以鼻！我认为，这恰恰是普加乔娃的可爱和可贵之处！

　　普加乔娃生于 1949 年 4 月 15 日。她 16 岁登台演唱，以歌曲《机器人》赢得了观众的认可。在保加利亚举办的"金奥尔菲"大赛上，26 岁的普加乔娃凭着《阿尔列季诺》一曲夺冠并成为俄罗斯的头号歌星，获得俄罗斯歌坛"圣母"之美称。

　　在自己的歌唱舞台生涯中，普加乔娃用多种语言演唱了 500 多首歌曲，其中广为传唱和流行的歌曲有《阿尔列季诺》《一百万朵红玫瑰》《冰山》《国王》《唱歌的女人》和《幸福的三天》等。她演唱的歌曲出版了上百部专辑，光盘总发行量超过 2 亿 5 千万。

　　今天，普加乔娃与自己的亲朋好友在莫斯科市中心的特维尔林荫道一家著名的普希金饭店庆祝生日。俄罗斯冰上王子 Е.普鲁申科和妻子 Я.鲁德科夫斯卡娅前来祝贺，普鲁申科拿着一个大礼盒，鲁德科夫斯卡娅捧着一大束红玫瑰花；著名俄罗斯歌王 Н.巴斯科夫也捧着一大束黄玫瑰而来，他祝愿普加乔娃活到 120 岁。当然，普加乔娃的前夫基尔戈罗夫是普加乔娃生日的一位必不可少的客人。他不但来祝贺，还说了一段十分动人的话："40 年来，你一直用自己的才华给我们平淡的日子增加着色彩。离开你歌唱爱情的歌声，我简直无法想象我们的生活！"

阿拉·普加乔娃

　　此外，俄罗斯的众多歌迷也纷纷写信或通过网络祝贺阿拉·普加乔娃的 65 岁生日，希望她健康长寿，万事顺遂。俄罗斯总统普京在百忙之中也没有忘记向她表示生日的祝贺。普京认为普加乔娃是俄罗斯歌坛的一颗真正的明星，她的生日对于所有粉丝是盛大的节日。俄罗斯总理梅德韦杰夫和夫人也向歌唱家普加乔娃致以生日的祝贺。梅德韦杰夫在贺信中说，"您鲜明的个性、无与伦比的歌声、戏剧演员的才能和气质让您成为俄罗斯歌坛的一等歌星并且赢得几百万人的喜爱。您歌声独特的形象、优美的旋律和美妙的歌词充溢着整个世界。"

　　普加乔娃如今虽已结束了舞台演唱生涯，但她是俄罗斯音乐界的一位划时代人物，对俄罗斯流行音乐的影响依然存在，她的一举一动都离不开俄罗斯公众和歌迷的视野，她是俄罗斯歌坛的一棵永不凋谢的长青树！

　　我们祝愿她健康长寿，永葆艺术青春！

（2014 年 4 月 15 日）

普加乔娃和俄罗斯总统普京

我所知道的俄罗斯歌星维塔斯

　　如今，在中国一提起俄罗斯歌星，很多人首先想到的是维塔斯，那他迷人的眼神和海豚音迷倒了多少中国的粉丝。许多中国听众以为，维塔斯就是俄罗斯流行歌坛的一号歌手，甚至认为维塔斯就是俄罗斯流行歌坛的全部。

　　其实，是中国听众让维塔斯更加有名，因为维塔斯在中国的名气远远超过了在俄罗斯。维塔斯在俄罗斯的名气和人气远远比不上俄罗斯的流行歌王 Φ. 基尔戈洛夫和大众歌坛的"金嗓子" Η. 巴斯科夫，甚至连二流歌星都算不上，充其量是个三流歌星而已。可为什么维塔斯在中国很有市场，维塔斯所到之处掀起了"维塔斯旋风"？他的形象和演唱风格让许多中国青年如痴如醉，尤其是深受中国女孩的青睐，这是为什么？首先，应当承认维塔斯的演唱，尤其是他的海豚音有其个人特色和感人之处；其次，维塔斯是个美男子，他那高大而挺拔的身材，端正而英俊的面孔，迷人而深邃的蓝眼睛，优美而典雅的舞姿令不少观众赞叹，让少女心神迷醉；第三，也是更主要的一点，维塔斯的经纪人 C. 普多夫金了解中国演艺市场，善于迎合中国观众的心理和需求，还知道中国演艺市场巨大的经济效益和潜力。因此，他和维塔斯抓住了机遇，从 2004 年起与中国的演艺公司合作，积极参与在北京、上海、重庆、成都、广州和台北等大城市以及在中国各地的演出活动。维塔斯本人还迎合中国听众的口味，与中国歌星联袂演出，演唱中国歌曲（《青藏高原》《同一首歌》等）。此外，维塔斯在中国参加了电视剧拍摄，还在《花木兰》《疯狂的一天》《建党伟业》和《一夜成名》等中国影片中扮演角色……总之，维塔斯成为进入中国演艺圈的为数不多的俄罗斯歌手。据一位俄罗斯朋友透露，维塔斯如今已是亿万富翁，中国观众对他的致富功不可没。

　　俄罗斯歌星维塔斯原名叫维塔利·弗拉达索维奇·格拉乔夫，1981 年 2 月 19 日

维塔斯在中国

出生于拉脱维亚。维塔斯本来是学习手风琴的，但后来发现自己有声乐天赋，便离开敖德萨音乐学校来到莫斯科发展。19 岁时（2000 年），他以歌曲《歌剧 2》一夜成名，此后开始了自己的演艺生涯，歌声传遍了世界的 20 多个国家。

在俄罗斯，有人不喜欢维塔斯的演唱风格和声音，认为他的《永恒的长吻》让神经脆弱的人受不了。也有人认为维塔斯的歌曲雷同，没有特色，他在莫斯科没有市场，因此大多去俄罗斯的一些外省城市巡演，或者到亚洲的一些国家转悠。还有人说他简直像个"胡桃夹子"……总之，众说纷纭，莫衷一是。

中国谚语说得好："萝卜，白菜，各有所爱。"俄罗斯著名的作曲家 A.巴赫慕托娃听过维塔斯的演唱后说："我激动得流泪了，无论是他的歌声还是他的舞台表演。"

我听过维塔斯的演唱，我认为他的歌声很美，具有一种磁性和穿透力。维塔斯不但歌唱得好，而且还是个有责任心的俄罗斯男子，这在俄罗斯实属罕见。他迄今只爱一个女人，那就是他的妻子斯维特兰娜。在谈到自己的感情生活时，维塔斯自己坦言，妻子是自己当年骗来的。11 年前，19 岁的维塔斯与 15 岁的斯维特兰娜双双堕入情网。于是，维塔斯便用骗局把斯维特兰娜从家中骗出来。那天，他对斯维

维塔斯在演唱

特兰娜的母亲说，他们只出去几小时，斯维特兰娜的母亲同意了，根本没有想到维塔斯是"刘备借荆州"。此后，维塔斯再没有放斯维特兰娜回家，开始与斯维特兰娜在一起生活。斯维特兰娜后来给母亲写了一个字条，说她很爱维塔斯，请母亲不要谴责维塔斯的这种欺骗行为。

　　当时，维塔斯并不懂得自己与斯维特兰娜的浪漫爱情已经触犯了法律，因为斯维特兰娜当年才 15 岁，属于未成年女子，根据俄罗斯法律，维塔斯与她同居犯了强奸幼女罪。但是，"官不告，民不究"，尤其是知情人斯维特兰娜的母亲看到维塔斯很爱自己的女儿，并让女儿得到了幸福就原谅了他。十几年来，维塔斯一直爱着她，并且在 2009 年他们有了一个可爱的女儿。

　　如今，维塔斯与爱妻斯维特兰娜经常联袂演出，成为活跃在俄罗斯和世界各地舞台上的一对俄罗斯歌星伉俪。

（2012 年 1 月 13 日）

维塔斯全家福

俄罗斯画家瓦斯涅佐夫诞辰 165 周年

　　2013 年 5 月 15 日，是 19 世纪俄罗斯著名画家 B . 瓦斯涅佐夫诞辰 165 周年，本来我想在他生日那天写点文字，但由于筹备莫斯科大学孔子学院的文化节无暇顾及，因此，一直拖到今天才拿起笔。

　　B · 瓦斯涅佐夫（1848—1926）是 19 世纪下半叶俄罗斯巡回展览派画家之一。他在维亚特卡区的里亚波沃度过了自己的童年和少年时代。维亚特卡苍莽、壮丽的大自然，茂密的森林，无人涉足的沼泽，百年的塔松蕴含着无数的俄罗斯民间故事。

瓦斯涅佐夫：《伊戈尔·斯维雅托斯拉维奇与波洛维茨人鏖战之后》，1880

神奇的飞毯、伊凡王子、大灰狼，永生的柯歇伊、死公主、七勇士、青蛙公主和美丽的瓦西里莎仿佛在这个地方复活，继续着自己的人生奇迹，并给予画家丰富的创作内容和灵感。

瓦斯涅佐夫对俄罗斯的民间故事和传说情有独钟。因此，无论在美院学习的年代，还是成名之后，他都把俄罗斯民间故事作为自己绘画创作的源泉。

《伊戈尔·斯维雅托斯拉维奇与波洛维茨人鏖战之后》（1880）是瓦斯涅佐夫的成名作。这幅作品是根据古罗斯文学的英雄史诗《伊戈尔远征记》的情节创作的。画作描绘古罗斯诺夫哥罗德大公伊戈尔与波洛维茨人在 1185 年激战后的战场。压倒的青草、践踏的鲜花、亡者的尸体、老鹰为争抢尸体而进行的搏杀，这就是战争的结果，也是画家瓦斯涅佐夫对战争的认识。这幅画与另一位巡回展览派画家韦列夏金的画作《战争的壮丽尾声》有异曲同工之妙。因为画作通过众多阵亡者的尸体诅咒战争。因此，这幅画的潜台词也像《战争的壮丽尾声》题词一样："此画献给过去、现在和将来的战胜者们。"

瓦斯涅佐夫的代表画作是《阿廖奴什卡》（1889），该画取材于一个俄罗斯民间故事。阿廖奴什卡和伊凡奴什卡是姐弟俩，父母双亡后，他俩相依为命。但是，巫婆残害了伊万努什卡，并把他抛到郊外的池塘里。阿廖奴什卡痛苦万分，每天来到郊外，坐在池塘旁边沉思，怀念自己的弟弟伊万努什卡。

静静的池塘，茂密的树林。微风轻轻地吹拂着白杨树，树叶发出哗哗的响声。小枞树叶虽依然发绿，但池塘水面落满了金黄的秋叶，显然秋天已经到来。阴沉的天空几乎压到池塘水面上，整个大自然充满了忧郁、凄凉的气氛。阿廖奴什卡坐在石头上，双手紧抱膝盖，光着脚，歪着头，头发散落在肩上。她独自来这里排除自己内心的忧伤。她思念自己的弟弟，也为自己的命运担忧。因为无人能分担她的痛苦，她孤独无助，孤苦伶仃……

这幅画表现出画家瓦斯涅佐夫对俄罗斯下层人民的疾苦的理解和同情，也显示出他的洞察童话世界的能力和丰富的想象力。

瓦斯涅佐夫：《阿廖努什卡》，1889

　　画作《阿廖奴什卡》1889年在第九届巡回展览派的画展上展出。然而当时并没有得到艺术评论家们的肯定，就连富有艺术鉴赏力的收藏家特列季亚科夫也没有注意到这幅画的价值。1900年，《阿廖奴什卡》才进入了特列季亚科夫画廊，这幅画的魅力和诗意赢得了艺术评论家和鉴赏家的认可，并成为俄罗斯人民喜爱的名画之一。

　　除基于民间故事创作画作外，瓦斯涅佐夫还创作了一些历史题材画作，《罗斯受洗》（1890）就是其中一幅。《罗斯受洗》是画家根据俄罗斯历史上的一个划时代的事件——"罗斯受洗"的历史事件创作的。

　　古罗斯人本来是信仰多神教的。随着基辅罗斯封建社会的发展，多神教成为其发展的羁绊。因此，弗拉季米尔经过考察和论证后决定接受基督教。公元988年，弗拉季米尔大公向基辅全体居民颁发了诏书，命令全城人集合在第聂伯河边，男女分成两路下河做了洗礼。他同时仰望苍天说："开天辟地的上帝啊！看看你的这些新子民吧，让他们像其他基督徒一样认识你……"

瓦斯涅佐夫：《罗斯受洗》，1890

　　《罗斯受洗》画面描绘的就是画家想象中罗斯接受基督教的情景：弗拉季米尔站在河岸仰望苍天，高举双手，让上帝接受罗斯大地上的新信徒，他身边的基辅居民纷纷下河接受洗礼……

　　画作《三勇士》（1881—1898）是瓦斯涅佐夫表现人民的力量、意志和智慧的一幅画作，是一首古罗斯的颂歌。

　　在一望无际的草原上，风卷着天上的乌云，吹拂着泛黄的青草，掀起三匹骏马的马尾和马鬃。三位俄罗斯勇士——伊利亚·穆罗姆茨、多勃雷尼亚·尼基季奇和阿廖沙·波波维奇停下马来眺望着远方，警惕地守卫着俄罗斯边境。穆罗姆茨、尼基季奇和波波维奇的丰功伟绩在俄罗斯民间广为流传。画面上，中间那位是穆罗姆茨，他的胡子花白，钢盔下还露出了绺绺白发，看样子已年纪不轻，但他稳稳地骑在马上，一手拿着重达 40 普特的长矛，另一只手打起眼罩，机警地眺望着远处。他那宽宽的额头、紧闭的嘴唇、浓黑的眉毛和警惕的目光给人以力量和信心，是俄罗斯人民力量的化身。穆罗姆茨左边的勇士是多勃雷尼亚·尼基季奇，他因战胜蛇妖戈雷内奇

瓦斯涅佐夫：《三勇士》，1881—1898

而闻名并受到人民的喜爱。尼基季奇也警惕地望着远方，因为感到敌人有可能冒犯罗斯大地。尼基季奇的身体虽没有穆罗姆茨那么强健，但他以勇敢善战著称。穆罗姆茨右边的勇士波波维奇完全是另一种类型。他的身材比较单薄，手中只有一把弓，他打仗比不上穆罗姆茨的力量，也没有尼基季奇的勇敢，但他有聪颖的头脑。他与敌人作战不是靠力量和勇敢，而是靠自己的智慧。他向远眺望的目光表明自己胸有成竹，已有了一个克敌制胜的方案。

这三位俄罗斯勇士分别是力量、勇敢和智慧的化身，他们保卫着俄罗斯的疆土。在瓦斯涅佐夫看来，有这样的勇士，谁还胆敢进犯俄罗斯？

瓦斯涅佐夫的这幅画创作了近 20 年，但画面上并没有显示出创作时间长久的痕迹，仿佛是一气呵成的。1898 年，《三勇士》在巡回画展上的展出，受到广大观众的欢迎。著名的艺术评论家斯塔索夫说："我认为，瓦斯涅佐夫的《三勇士》在俄罗斯绘画史上占着最优秀的一席地位。"

为了更好地了解瓦斯涅佐夫的绘画艺术，我于 2014 年 4 月 12 日专门参观了在莫斯科的瓦斯涅佐夫故居博物馆。

瓦斯涅佐夫故居博物馆在莫斯科的瓦斯涅佐夫巷 13 号。画家和自己家人 1893 年至 1926 年曾居住在这里。这是一座用原木建成的二层小楼，如今这种木屋在莫斯

瓦斯涅佐夫故居外观

科极为罕见，是建筑师 B.巴什基罗夫根据画家本人的草图设计建造的，房子窗户带着雕花饰框装饰，多彩的涂釉瓷砖绘着图案盖在屋顶上，整个建筑外观宛如一座阁楼，给人如梦如幻的感觉。画家瓦斯涅佐夫死后，1953 年这个故居成为画家故居博物馆，1986 年，又归为了国立特列季亚科夫画廊的分馆。

故居博物馆一楼有餐厅、卧室、客厅等房间，是画家、他的妻子和 5 个孩子起居生活的地方。家里除沙发是买的之外，全部为木质家具，且绝大多数木制家具为瓦斯涅佐夫亲自绘画设计，由其弟弟制作。在客厅里有一架三角钢琴，每逢客人到来，画家的女儿为客人弹琴。此外，墙上挂着画家的两个儿子的肖像画和其他人物的肖像。

二楼是画家的大画室，如今陈列着画家的 7 幅巨作：《睡美人》《不死的科歇伊》《青蛙公主》《妖婆雅加》《多勃雷尼亚·尼基季奇恶战七头蛇妖》《飞毯》《伊凡王子与大灰狼》，这些画作均以俄罗斯童话故事为题材，所以瓦斯涅佐夫将自己的画室称为"七童话史诗"。

瓦斯涅佐夫的故居博物馆不但让我看到了画家偌大的画室及其创作的童话史诗，而且也了解了他的生平创作，怪不得国立特列季亚科夫画廊把它收为分馆呢。

（2013 年 6 月 4 日）

歌颂"义务、人格和良心"的歌手不再歌唱

——俄罗斯著名作家，小说《这里的黎明静悄悄》的作者鲍里斯·瓦西里耶夫

　　今天(2013 年 3 月 11 日)早晨，俄罗斯著名的前线作家，小说《这里的黎明静悄悄》的作者鲍里斯·瓦西里耶夫在莫斯科郊外自己的寓所里悄悄地离开人间，享年 89 岁。

　　瓦西里耶夫是一位战争题材作家。他参加过卫国战争，了解战争，因此他认为自己有义务去描写那场战争，并且告诉人们战争的野蛮和残酷。

　　在中国，有人可能不知道瓦西里耶夫这个名字，但他的小说《这里的黎明静悄悄》和根据小说摄制的同名影片在中国虽不能说家喻户晓，但也广为人知，并且在中国人中间引起了较大的反响。这部小说被翻译家王金陵女士译成中文，而且影片《这里的黎明静悄悄》在中国各大影院上演，同名电视连续剧也在中央和地方的电视台播放。中国人民解放军空政歌舞团还把《这里的黎明静悄悄》搬上了话剧舞台。那五位年轻、漂亮的俄罗斯姑娘的悲壮牺牲久久地留在中国读者和观众的记忆中……

作家鲍里斯·瓦西里耶夫

影片《这里的黎明静悄悄》中牺牲的 5 位俄罗斯姑娘

　　瓦西里耶夫是我喜欢的一位俄罗斯作家,并且我还在北京见过他。1987 年,他随苏联作家代表团访华,曾经到北京大学与俄语系师生座谈。那次座谈在北京大学的临湖轩进行的。除了瓦西里耶夫之外,俄罗斯作家代表团还有著名的诗人 Р.罗日杰斯特文斯基、卡尔梅克诗人 Д.库古里京诺夫、女诗人 Л.瓦西里耶娃、列宁格勒电影剧作家 М.杰米琴科等四人。我清楚地记得那次座谈主持人是北京大学的校方领导,他简单地给大家介绍了几位作家之后,俄语系师生就开始向苏联作家们提问题。作家瓦西里耶夫是大家首先提问的对象,因为他的小说《这里的黎明静悄悄》以及电影在中国有很高的知名度。只见他一下站了起来,整了整衣服。在场的所有人挥手示意或劝他坐下,因为他已 60 多岁了。可他说:"我是军人,军人应当站起来讲话。"这句话赢得与会者的一片掌声,他一直站着回答完师生们的问题。这点给我留下极深的印象,至今我还记着他挺直腰板,站着回答学生问题的身影。瓦西里耶夫谈了他创作小说《这里的黎明静悄悄》的动机,他说卫国战争爆发后,他们班上绝大多数同学上了前线,把自己的青春和生命献给了祖国,最后只有 3 个人从战场上归来。他写这本书是为了纪念自己的同班同学,纪念为保卫祖国牺牲的千千万万的少男少女。瓦西里耶夫还说,他站着谈起他们,也是对他们的一种最好的回忆和怀念。从他的一席话中,我感觉到了这位作家对女性的爱护和尊重,对女性美的欣赏和赞美。然而残酷的战争毁灭了一切,也夺走了美丽的姑娘们的青春和生命,及其对美好生活的向往和对幸福爱情的憧憬,因此作家瓦西里耶夫痛恨战争给人类带来的痛苦和灾难。这正是他创作小说《这里的黎明静悄悄的》的初衷和动机。

　　瓦西里耶夫 1924 年生于俄罗斯北部的斯摩棱斯克,17 岁那年卫国战争爆发后他就上了战场，他们班上的女生全部牺牲在前线……自己在战争中的经历和对同班女生的怀念久久挥之不去，一直萦绕在脑海中。年轻的俄罗斯姑娘们本来可以有另外一种生活，但是战争让她们失去了一切，包括最宝贵的青春和生命。因此，他在 45 岁的那年推出了自己的处女作《这里的黎明静悄悄》（1969），献给那些牺牲在战争中的姑娘们。

《这里的黎明静悄悄》问世后在苏联文学界和读者中间引起了极大的反响，瓦西里耶夫一举成为著名作家。之后，他又写出《不要射击白天鹅》（1973）、《未列入名册》（1974）和《明天发生的战争》（1984）等作品，由于他在小说里真实地描写了战争中普通士兵的心理和感受，描写战士对真理和生活意义的探索，因此他被誉为俄罗斯文学中歌颂"义务、人格和良心"的歌手，也赢得了广大读者和人民的热爱。

获悉瓦西里耶夫去世，当代著名作家、俄罗斯后现代文学的鼻祖之一安德烈·比托夫说："最后一位上过战场的作家去世了。无论从创作的规模，还是从创作的年龄来看他都是一位大腕儿作家。他与一些最优秀的俄罗斯文学大师一起真实而准确地描写了伟大的卫国战争所走过的艰难道路。"俄罗斯功勋演员叶莲娜·德拉别科惋惜地指出："他的去世对于我们，对于艺术和我国文化来说，是巨大的损失。况且，这个损失是我们每个人的，因为鲍里斯·瓦西里耶夫塑造的形象已经成为我们生活的一部分。"

在文学创作中和在生活中，瓦西里耶夫都是个真诚的人，他在一切问题上都毫不妥协。他说，"从对文学的热爱，对历史的尊重，对人的信赖和不会撒谎来看，我毫无疑问是一个 19 世纪末的人。"

瓦西里耶夫与妻子 З.波利亚克是一对恩爱的伉俪。他俩在苏联坦克装甲兵军事学院相识，之后几乎同时走完了自己的人生。卓娅在前两个月刚刚离世，今天瓦西里耶夫也随爱妻而去，他俩真可谓是生前的"比翼鸟"，死后的"连理枝"。

据悉，3 月 14 日，在莫斯科文学者之家将举办瓦西里耶夫遗体告别仪式，他将下葬于瓦甘科夫公墓，与妻子卓娅长眠在一起。

瓦甘科夫公墓的黎明静悄悄，安息吧，鲍里斯·瓦西里耶夫！

（2013 年 3 月 12 日）

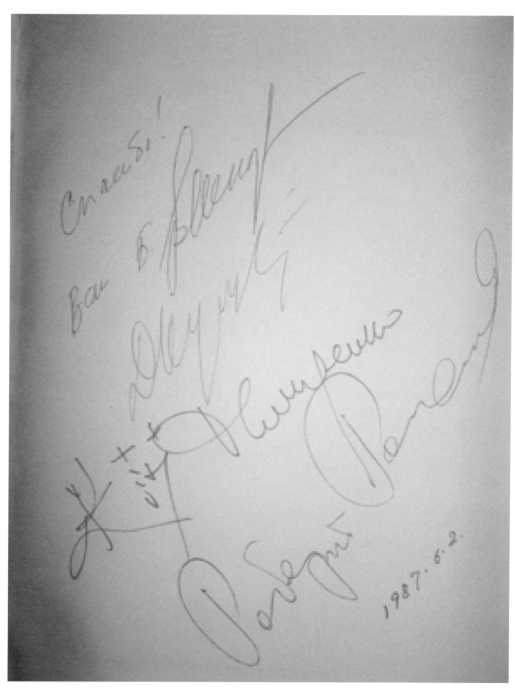

这是几位苏联作家和诗人在 1987 年 6 月 2 日给我的签名留念。最上面的就是瓦西里耶夫的
签名："谢谢！您的鲍里斯·瓦西里耶夫"。最下面的签名是诗人罗伯特·罗日杰斯特文斯基。

第五篇

社　会　精　英

多舛的命运，传奇的一生

——记苏联元帅罗科索夫斯基

在卫国战争期间，罗科索夫斯基和朱可夫作为斯大林的左膀右臂，为卫国战争的胜利立下了汗马功劳。在莫斯科红场附近的历史博物馆前有一座朱可夫元帅的骑马纪念碑，然而在莫斯科却没有罗科索夫斯基元帅的任何雕像纪念碑，这对于这位在卫国战争中浴血奋战，尤其是指挥了莫斯科保卫战的苏军元帅有失公正。好在莫斯科市长谢尔盖·索比亚宁签署了命令，要为罗科索夫斯基元帅在莫斯科竖立纪念碑，这确实是个好消息。据悉，在伟大的卫国战争胜利70周年前夕，罗科索夫斯基元帅的骑马纪念碑（雕塑家为 A.鲁卡维什尼科夫）将竖立在莫斯科城东的罗科索夫斯基林荫道上。

在37位参加过伟大的卫国战争的苏联元帅中间（苏联总共有40位元帅，其中布柳赫尔、图哈切夫斯基和叶戈罗夫在战前就已去世），我尤其喜欢罗科索夫斯基，这并非因为他有着一副美男子外表，而是因为我对他的个人经历感兴趣。

罗科索夫斯基元帅（1896—1968）是杰出的苏联军事家。他在战争中既善于防守，又长于进攻，他指挥过斯摩棱斯克战役、莫斯科保卫战、斯大林格勒战役、库尔斯克大会战、白俄罗斯战役、东普鲁士战役和东波美拉尼亚等战役。罗科索夫斯基在卫国战争中屡建战功，被称为常胜将军，为彻底打败德国法西斯做出了杰出的贡献。罗科索夫斯基与朱可夫元帅和科涅夫元帅在卫国战争中就被授予元帅军衔（共8位军事家之一），被誉为苏联陆军的"三套马车"，是位扭转了第二次世界大战进程的军事家。

罗科索夫斯基1896年12月出生在华沙近郊大卢基的一个波兰人家庭。他18岁自愿参加沙俄军队的波兰军团，因作战勇敢曾获得了两枚圣乔治勋章，若不是十月革命爆发，他还可能会有两枚圣乔治勋章挂在胸前，但由于十月革命爆发，请示授

罗科索夫斯基元帅纪念碑

予他另两枚圣乔治勋章的报告作废了。罗科索夫斯基热情欢迎十月革命，1917 年转入苏联红军行列中。2 年后，他就成为红军骑兵连连长，不久又晋升为骑兵团团长，在后贝加尔湖一带与白军作战。1936 年，罗科索夫斯基被任命为苏联第五骑兵军军长。

　　正当罗科索夫斯基沿着戎马生涯的阶梯上升的时候，1937 年突然被捕入狱，一夜之间从苏军高级军官变成阶下囚。因有人揭发他在哈尔滨与日军长官有过往来，还有人怀疑他是波兰和日本在苏军中的间谍。罗科索夫斯基深知这种指控毫无证据，纯属无中生有，但他身为阶下囚，只能接受审讯。罗科索夫斯基在审讯室里遭受到严刑逼供和拷打，有人用铁锤敲打他的脚趾，几颗门牙被打掉了，肋骨也被打断了三根，他还两次被押到刑场陪斩……但非人的拷打和折磨都未能摧毁罗科索夫斯基的意志，他坚强地挺过了一切，既不承认自己有任何间谍罪行，也没有诬告他人，表现出一个革命军人的铮铮傲骨。

罗科索夫斯基元帅

　　对罗科索夫斯基审查两年多毫无结果。1940 年他获释出狱，不仅官复原职，还被授予少将军衔，重返第五骑兵军任指挥官。

　　卫国战争初期，罗科索夫斯基想方设法拖住了德军闪电般的进攻，显示出自己的军事指挥才能。因此，在整个卫国战争期间，斯大林往往把最艰难的战役，最艰难的地段交给他。罗科索夫斯基指挥斯摩棱斯克保卫战的时候，亲自率军坚守，牵制了德军的进攻步伐；后来，罗科索夫斯基又与朱可夫共同指挥了莫斯科保卫战，给德军以严重的打击，打破了德军在二战中不可战胜的神话。

　　1942 年，罗科索夫斯基被任命为顿河方面军的司令，经过苏军将士几个月的浴血奋战，在斯大林格勒消灭了德军的有生力量，俘虏了德军的保卢斯上将。斯大林格勒战役胜利是整个卫国战争乃至二战的转折点，此后，苏军从战略的防御转为战略进攻。据说，德军保卢斯上将从斯大林格勒百货大楼地下室走出来，他对苏军战士说，他决定向苏军投降，但一定要把自己的手枪亲自交给顿河方面军司令罗科索夫斯基。后来，保卢斯的这支手枪罗科索夫斯基元帅一直带在身边。多年之后，妻子问他为什么这样做，他说，"倘若有人再抓我，我就开枪自杀。"因为科罗索夫斯基忘不了自己曾被无辜地打断肋骨和门牙的那段往事……

　　在代号"巴格拉季昂"的白俄罗斯战役中，罗科索夫斯基又一次显示出自己的远见卓识和军事才能，他说服斯大林改变从南部和东北部夹攻德军的计划，苏军在

1945 年 6 月 24 日，罗科索夫斯基在阅兵

此战大获全胜。1944 年 6 月 29 日，罗科索夫斯基因战功卓著被授予苏联元帅军衔，同时荣获苏联英雄称号。然而，就在罗科索夫斯基踌躇满志，准备向德国境内挺进、彻底消灭德国法西斯的时候，斯大林于 1944 年 2 月 12 日做出了决定，让罗科索夫斯基把白俄罗斯第一方面军交给朱可夫指挥，而任命他为白俄罗斯第二方面军司令员。罗科索夫斯基虽对这次任命不解，但军人的天职是服从，他开始指挥白俄罗斯第二方面军作战，解放了东波美拉尼亚，为攻克柏林创造了有利的条件。1945 年 5 月，罗科索夫斯基的部队正在西波美拉尼亚作战时听到了德国投降的消息。他向司令部的军官们报知了这一消息，随后带领大家走到后花园，坐在凳子上吸烟。他们以这种沉默的方式迎来了胜利的消息……

罗科索夫斯基虽未能率军首先攻克柏林，但 1945 年 6 月 24 日，他被任命为受检阅部队总指挥，在莫斯科红场上指挥了胜利阅兵式。罗科索夫斯基骑在马上，朱可夫向他敬礼的历史镜头永留史册。这是给予他的一种最高荣誉，也是对他大半个世纪戎马生涯的奖赏。

1949 年，罗科索夫斯基的命运又出现了重要转折。应波兰总统贝鲁特请求，罗科索夫斯基元帅回波兰任国防部长。就这样，罗科索夫斯基成为世界军事历史上第一位具有两个国家元帅军衔的军事家。罗科索夫斯基在任期间，为波兰军队的建设、国内的军工生产做了大量有益的工作。但是 1956 年波兰统一工人党第一书记哥穆尔卡认为罗科索夫斯基是"斯大林主义的象征"，于是把他清除出波兰统一工人党政治局并解除了波兰国防部长职务。罗科索夫斯基无法待在波兰，决定重返苏联。

回到莫斯科后，罗科索夫斯基被任命为苏联国防部副部长。1962 年，罗科索夫斯基由于在斯大林问题上得罪了赫鲁晓夫，又被免去了国防部副部长的职务。

1968 年 8 月 3 日，罗科索夫斯基因患前列腺癌离开了人世，结束了自己光辉的戎马一生。罗科索夫斯基的葬礼于 1968 年 8 月 5 日在莫斯科隆重举行，勃列日涅夫、柯西金、苏斯洛夫、波德戈尔内、波利扬斯基、基里连科等苏联党政领导人全部出席。此外，丘伊科夫元帅、季莫申科元帅、科涅夫元帅和戈尔什科夫海军大将亲自护送罗科索夫斯基的灵柩从苏军中央大厦到克里姆林宫墙下。据说，勃列日涅夫在罗科索夫斯基的葬礼上泪流满面……

当说到罗科索夫斯基元帅，免不了要谈到他的感情生活。罗科索夫斯基的妻子是尤利娅·彼得罗夫娜·罗科索夫斯卡娅（1900—1986）。她 1923 年嫁给罗科索夫斯基，之后一直与丈夫患难与共，无论是他无辜入狱，还是他在前方作战，尤利娅都一直在后方等着他。在卫国战争期间，加林娜·塔拉诺娃成为罗科索夫斯基的战地女友，与罗科索夫斯基一起走过了整个前线的艰难路程。尤利娅知道丈夫在前线与女军医塔拉诺娃的恋情，但她一直容忍和坚守沉默，没向任何人谈起此事，而把痛苦埋在心底，用自己的忠诚等到战后丈夫的归来。

在俄罗斯民间对罗科索夫斯基元帅的私生活传说，主要围绕着他与著名女影星瓦连京娜·谢罗娃的一段交往。1942 年 3 月 8 日，罗科索夫斯基在苏赫尼奇村郊外受伤，他的伤势很重，很快就被送往莫斯科治疗。有一天，女演员谢罗娃随其他演员一行去医院慰问伤员。她一走进罗科索夫斯基的病房，就被罗科索夫斯基身高二米左右魁梧的身材和迷人的微笑迷住了。传言罗科索夫斯基在认识当天为谢罗娃举办了一次浪漫晚餐，之后，谢罗娃天天都去医院探望罗科索夫斯基；还传说谢罗娃曾邀请罗科索夫斯基去大剧院看戏，整个剧场的观众都看到了谢罗娃坐在罗科索夫斯基身边那一幕。于是，在莫斯科就传开了罗科索夫斯基与谢罗娃的浪漫故事……

其实在那段时间里，罗科索夫斯基与谢罗娃只是见面而已，没有成为情人。谢罗娃知道罗科索夫斯基有妻子尤利娅，也知道他有女友加林娜·塔拉诺娃，依然向罗科索夫斯基发起"进攻"，可罗科索夫斯基对此不动声色，像军人一样坚守着自己的道德"阵地"，这点让谢罗娃很不理解，也不甘心，更不愿意以一个探访者身份结束与这位传奇般将军的交往。于是，她决定给罗科索夫斯基朗诵西蒙诺夫的诗作《等着我》，这样做的目的就是要打动罗科索夫斯基的心。

俄罗斯著名电影女演员瓦·谢罗娃

等着我吧，我会归来的

但你要苦苦地等待……

当罗科索夫斯基听到谢罗娃朗诵到"往昔的一切，都一股脑抛开"这句时，已不想让谢罗娃再往下念，但还是听完了她的朗诵，然后告诉她，自己的妻子和女儿要来莫斯科，并请求她以后别再来打扰……那以后，他俩的交往就结束了。

晚年，谢罗娃曾对自己的女儿说："人们可能会忘记我这个演员，但苏联英雄谢罗夫（女演员的第一任丈夫，在一次空难中牺牲）、诗人西蒙诺夫和罗科索夫斯基元帅将永远铭记在人们心中，那么，他们会与我的名字联系在一起。"

（2015 年 4 月 24 日）

尤里·加加林，你真幸运！

　　1961 年 4 月 12 日，苏联第一位宇航员尤里·加加林面带微笑喊了一句 "Поехали!"（出发了！），随后《东方号》载人宇宙飞船从拜科努尔航天发射场拔地而起升入太空，实现了人类遨游太空的梦想，人类开始了征服宇宙的新纪元。

　　加加林的这句 "Поехали!" 此后在苏联就成为一句名言，在民间广为传用，"Поехали!" 这句话不仅是出发的信号，还有凯旋的意思。我想这也许是为什么迄今俄罗斯人在出发时都愿意说 "Поехали!" 这句话。

宇宙飞船 "东方 1 号" 发射情景

身穿宇航服的加加林

　　尤里·加加林完成了史无前例的宇宙飞行后一举成名。他成为苏联人的骄傲和仰慕的英雄，他的名字传遍了世界的各个角落……

　　加加林回到大地后，当时的苏共第一书记赫鲁晓夫下令举行隆重的欢迎仪式，欢迎第一位宇航员凯旋：豪华的护送队，轰鸣的礼炮，欢腾的人群，欢迎的笑脸……加加林被授予苏联英雄称号，荣获列宁勋章，并且出访过27个国家，成为20多个国家城市的荣誉市民。从此后，宇航员成为众多青年的人生理想。

　　关于尤里·加加林以及他的那次宇航飞行，介绍、报道、书籍、传记、音像制品、艺术影片汗牛充栋，尤其关于他于1968年3月27日身亡更是成为媒体报道的热点，真可谓众说纷纭，莫衷一是。他牺牲后，苏联政府成立了专门调查委员会进行调查，多年来，加加林意外离世是人们的一个永恒的话题。但时隔50年，直到今年4月8日，俄罗斯政府才正式发布消息，说加加林驾驶的飞机为躲避气象气球采取紧急制动时出现故障坠毁。

　　许多人并不知道，尤里·加加林成为苏联的第一位宇航员是幸运的。除一些"硬件"条件，如：宇航员应是歼击机驾驶员、身体和心理各项指标均要合乎标准、还必须是苏共党员之外，带给加加林幸运的还有一个并不令人羡慕的因素。

　　我们知道，身材矮小是男子汉的遗憾。法国的拿破仑身高168厘米，这曾经让他一生怨天尤人，以至于想把身材高出他的将军统统除掉。在俄罗斯，身高170厘米以下的男子也很自卑，就连名人也如此。比如，"俄罗斯诗歌的太阳"普希金虽然诗才横溢，蜚声世界，但他那171厘米的身高成为女性对他不感兴趣的一个原因。同样的身高也给俄罗斯作曲家柴可夫斯基的个人生活带来了一些苦恼。

　　同样，被人仰慕的苏联英雄加加林的身高仅有159厘米，但恰恰这个身高是宇航飞行的一个最优越条件，它让加加林"脱颖而出"，成为人类第一名遨游太空的宇航员。众所周知，第一艘宇宙飞船的舰舱很小，身材稍高的人根本进不去，更不用说进行太空操作。因此，入选"东方1号"宇宙飞船的宇航员身高都不超出170厘米（体重在70—72公斤之间，年龄在25—30岁），这是父母给了加加林"得天独厚"的"优势"。

但是，在苏联首批20名宇航员（从全国3400名35岁以下的飞行员中选拔的）中间，像加加林这样身材的还有几个，如，季托夫、波波维奇（乌克兰人）、尼古拉耶夫（楚瓦什人），甚至包括如今健在的列昂诺夫等人，那为什么偏偏加加林入选，而不是其他人？据说，以赫鲁晓夫为首的苏共领导人对宇航员中间谁第一个乘飞船上天还有过一些拿不到桌面上的条件：1.这个宇航员必须是俄罗斯人；2.这个宇航员的姓名念起来要响亮，听起来好听。这样一来，最后入选的是宇航员加加林和季托夫，显然，加加林的名字读起来比季托夫响亮、好听。于是，加加林成为首选，季托夫成为第一替补。

还有一种传说，有几位来自西伯利亚的宇航员阿尼可耶夫、聂柳波夫、菲拉季耶夫本来是加加林强有力的竞争对手。但那几位宇航员在"东方1号"发射前几天违反了宇航纪律，被从第一梯队中拿掉了。因此，加加林应了中国的一句俗话："有福之人不用愁，没福之人泪长流。"加加林是有福的，幸运的！

加加林对自己的宇航飞行做好了牺牲的准备，因此他在飞船临起飞前对妻子瓦利亚说："瓦连卡，如果我牺牲了，别难过，我对不起你！"之后，加加林说了一声，"Ну，поехали!"飞船点火后就拔地而起进入太空。

加加林在宇航飞行那108分钟期间，军衔从上尉晋升为少校（这是赫鲁晓夫向国防部长马利诺夫斯基施压的结果，因为后者只同意授予加加林大尉），但遗憾的是，加加林直到去世还是上校，若在其他国家，他可能早就是位将军！当然，加加林后来获得了各种称号和奖励，并且成为世界名人，那则是后话了。

加加林的宇航飞行开辟了人类征服宇宙的新纪元，加加林的英雄主义和大无畏的精神永远是人们的榜样。

（2011年4月10日）

加加林与妻子

历史之声，胜利之声

——记享誉世界的苏联著名播音员列维坦

昨天（5月7日）是俄罗斯广播节，为纪念伟大卫国战争胜利70周年暨著名播音员列维坦100周年诞辰，在弗拉基米尔市举行了苏联著名播音员尤里·列维坦（1914–1983）纪念碑的揭碑仪式。这座纪念碑是由建筑师叶·乌辛科和雕塑家伊戈尔·切尔诺格拉佐夫共同创作的。这座纪念碑构思独出心裁，并不是通常见到的人物雕像或胸像，而是一位老人和孩子构成的雕像。他们站在电杆的灯光下，凝神静气地听着从一个老式喇叭里传出来列维坦的播音。纪念碑的名字叫做"历史之声，胜利之声"。的确，这个组雕场面是历史的真实写照，因为在卫国战争期间，苏联公民就是从这样的喇叭中听取苏联战报和最后胜利的消息的。这个纪念碑是后辈人对苏联时代最著名的播音员列维坦的历史功绩的感谢，也是对他的缅怀和思念。

当提到伟大的卫国战争，耳边必定会响起莫斯科广播电台在1941年6月22日清晨播送的苏联政府的告人民书："莫斯科广播电台！全体苏联公民！现在播报苏联政府声明。今晨4时，德国军队在未向苏联政府提出任何理由、未经宣战的情况下对我国发动了进攻……"当时的播音员就是列维坦。列维坦不但播报了宣布卫国战争开始的苏联政府的告人民书，而且播报了卫国战争期间苏联政府众多的重要声明、文件和战报。他的声音还让苏联人民知道卫国战争的许多重大事件。前方的苏军将士听到他的声音，就像是听到了战斗的号角；游击队员听到他的声音，感到了战争胜利的希望；后方人民听到他的播音，顿时感到力量倍增；敌人听到他的声音心惊胆战，惶惶不可终日……

列维坦的声音是爱国者的声音，他坚信苏联人民必胜，他的声音成为那个历史时代的象征。

希特勒对列维坦恨之入骨，把他视为自己的头号敌人（斯大林才是二号敌人），

弗拉基米尔市的列维坦纪念碑

希特勒的宣传部长戈培尔曾悬赏 25 万马克要拿下列维坦的人头。1941 年夏天，德国飞机曾经把一颗半吨的炸弹扔到莫斯科广播电台院内，就是要消灭列维坦。苏军大将切尔尼亚霍夫斯基（亦说是苏联元帅罗科索夫斯基）曾说过，"列维坦播音的作用能够顶得上整整一个师的力量。"可见列维坦的播音在卫国战争的重大作用。

尤里·列维坦出生在一个犹太人家庭。他的父亲是个裁缝，母亲是家庭主妇。列维坦从小就声音洪亮，并且具有磁性和穿透力，所以孩子们给他起外号叫"喇叭"。邻居大婶们经常求他放开嗓子去喊走到林中深处的孩子。上九年级时，列维坦想成为一名演员，希望自己的演出广告挂满街头，也盼着自己演出后有许多观众前来求他签名。于是，他抱着这样的幻想从弗拉基米尔来到莫斯科，但是由于地方口音太重未能被电影学校录取。可阴差阳错，他加入了著名演员瓦西里·卡恰洛夫成立的电台播音员小组。

1934 年 1 月，列维坦的命运发生了重大的转折。有一天晚上，斯大林从广播中听到列维坦播送《真理报》的一篇社论。19 岁的列维坦的不同凡响的声音引起了斯大林的注意，他立刻打电话给广播委员会主席，要求这个播音员在电台播送他第二天在第 17 次党代会上的报告全文。列维坦在念长达 5 小时的斯大林报告中没有念错一个字，也没有出现多余的停顿。列维坦因超凡脱俗的音色和表现力成为苏联广播电台的首席播音员。他那些年代红极一时，完全可以与著名影星柳鲍芙·奥尔洛娃相媲美。

列维坦在播音

　　列维坦虽天生有副好的嗓音，但后天的刻苦训练也很重要。他为了使自己的发音纯正，经常双手倒立，头朝下反复念文章。此外，他还去莫斯科模范艺术剧院旁听演员的发声课。

　　1941 年秋天，为了免遭到德国飞机的轰炸破坏，"莫斯科广播电台"拆除了莫斯科郊外的所有无线电发射塔，撤退到斯维尔德洛夫斯克（现在的叶卡捷琳堡）。当时电台安装在一座楼房的地下室，列维坦和女播音员奥尔迦·维索茨卡娅通过电话从莫斯科获得最高统帅斯大林的命令和战时的苏联新闻公报。据说，列维坦当时住在附近的草棚里，被视为国宝级人物，专门有两个加强连在保卫他的安全，因为德国间谍一直扬言要劫持列维坦。此外，列维坦每次外出均要化装，以防被德国间谍认出来。1943 年 3 月，列维坦又转移到古比雪夫（今萨马拉）。然而，直到战争结束后，时隔 25 年这个秘密才被公开。当时，普通人并不知道莫斯科广播电台以及列维坦已经离开莫斯科，大家以为他一直坚守在莫斯科播音……

　　卫国战争期间，列维坦总共播报了 2 千多份战时公报和 120 多份快报。1945 年 5 月 9 日，列维坦在克里姆林宫内，庄严地宣读苏联政府的公告："莫斯科广播电台！我们打败了德国法西斯……"每个苏联人都熟悉列维坦的声音，他的播音获得了全民的认可和称赞。

　　1946 年 12 月 14 日，列维坦在莫斯科广播电台工作 15 周年，苏联广播委员会主席 A．普金下令向他颁发感谢状（编号 991）并大幅度地提高他的工资待遇。列维坦凭着自己的播音艺术成为一位获得苏联人民演员称号的播音员。此外，列维坦还获得过十月革命勋章、劳动红旗勋章等多种奖励。

　　战后，列维坦依然在莫斯科广播电台的一线工作。他宣读过苏联政府的许多声明，

列维坦之墓

主持过在红场的盛大节日直播。1953 年 3 月 5 日，是列维坦播报了斯大林去世的消息；1961 年 4 月 12 日，又是列维坦向全世界播报了加加林完成人类第一次宇航飞行的消息；列维坦还播报了伏尔加格勒马马耶夫岗的"祖国母亲在召唤"纪念碑的揭碑仪式，等等。1983 年 8 月 4 日，在别索诺夫卡举行的纪念库尔斯克战役活动期间，列维坦在与卫国战争老战士会见时因心脏病突发而去世。一代播音大师列维坦死后葬于莫斯科新圣母公墓，有几万人前来参加他的葬礼。

列维坦的个人生活很不幸。战前，他与外语学院的美女拉雅一见钟情。初次见面时，列维坦抓住拉雅的手说："我爱你。"随后，他给拉雅朗诵了普希金的长诗《青铜骑士》的引子，借普希金的诗句表达了自己对拉雅的爱慕之情。他俩在 1938 年结婚，1940 年生下女儿娜塔丽娅，可婚后他们的生活并不幸福。因为妻子好在家里发号施令，因此，列维坦的朋友将她称为"发号施令夫人"。11 年后拉雅移情别恋离他而去……可列维坦心怀若谷，没有因妻子离去而怨恨她，一直与她和她的丈夫保持着友好的关系，甚至还几次在一起迎接新年……列维坦离婚后再没有结婚，他与女儿娜塔丽娅相依为命，并和岳母法伊娜住在莫斯科特维尔大街的一套公寓里。2006 年，65 岁的娜塔丽娅被自己的儿子鲍里斯所杀害，这件惨案轰动了整个莫斯科，乃至俄罗斯……

（2015 年 5 月 8 日）

第六篇 友好交往

与索尔仁尼琴的一面之交

　　我与俄罗斯著名作家，诺贝尔文学奖获得者 A. 索尔仁尼琴曾有过一面之交，那是 1996 年夏天，在莫斯科举办的"陀思妥耶夫斯基国际学术研讨会"开幕式之前。早晨 9 点多钟，来自世界各国的与会学者云集在莫斯科大学主楼文化宫外大厅里。这时候，我发现大厅里有一位身材中等、蓄着大胡子的俄罗斯人身边簇拥着好多人，数架照相机、摄像机的镜头纷纷对准了他，照相机的闪光灯哗哗地闪烁。我虽站在远处，但觉得被众人簇拥的那个人像是作家索尔仁尼琴，可我又不敢确定，于是问了身边的一位俄罗斯人，得到肯定的回答后，我当即决定向他走去。我知道这是与

索尔仁尼琴像

这位诺贝尔文学奖得主见面和对话的良机，机不可失，失不再来，于是我几乎有些不大礼貌地挤过人群，走到索尔仁尼琴的身边。对一位长着东方面孔的学者来到他身边，索尔仁尼琴先是一愣，随即又笑容可掬地转过身来。我趁机向他做了简单的介绍，说我是来自中国大学的教师，索尔仁尼琴说的第一句话是，"我有一个儿子是学中文的。"我与索尔仁尼琴的谈话就从这里开始了。我向他简单地介绍了他的作品，尤其是他的小说《古拉格群岛》在我国的译介情况。我还告诉索尔仁尼琴，小说《古拉格群岛》1982 年在中国就被译成中文出版。可索尔仁尼琴的《古拉格群岛》在他的祖国俄罗斯与读者第一次见面是在 1989 年。就是说，中国读者见到这部作品比他自己的同胞要早 7 年。当索尔仁尼琴得知《古拉格群岛》在中国出版早于苏联，他既感到惊讶，又十分高兴。随后，我又向他介绍了他的其他作品，诸如《伊凡·杰尼索维奇的一天》《马特廖娜的小院》《克雷切托夫卡车站纪事》《为了事业的利益》和《癌病房》等在中国的译介情况。从与索尔仁尼琴的谈话中得知，他无论对中国还是对他的作品在中国的译介情况都很不了解。我本想抓住这个难得的机会，向他介绍更多的情况，但一则是会议即将开始，二是还有人想借这个机会与他谈话，因此我们的谈话就草草结束。谈话结束时我向他提出合影的请求，他愉快地答应了。于是，我赶紧把自己手中拿的相机递给身边的一位学者，他按下了照相机快门。我本以为我与索尔仁尼琴合影的珍贵镜头会定格在照片上，但遗憾的是，我的照相机闪光灯出现了问题，等我回国把底片冲洗出来一看，我俩的合影是一片空白，后来每每想起这件事总是后悔不已，甚至觉得是个终生的遗憾⋯⋯

为纪念作家索尔仁尼琴诞辰 85 周年，俄罗斯科学院高尔基世界文学研究所、俄罗斯国家文学艺术档案馆和"俄罗斯侨民"基金会图书馆于 2003 年 12 月 17 至 19 日在莫斯科联袂主办"索尔仁尼琴：艺术创作诸问题"国际学术研讨会。这是作家索尔仁尼琴 1994 年回到俄罗斯后第一次就他的文学创作举办学术研讨会。与会正式代表大约有 60 多人。除了有来自俄罗斯各地的评论家、作家、诗人外，还有来自英国、美国、法国、乌克兰等国的专家学者。我也有幸被邀参加这次国际学术会议，并作了大会发言。

我的发言题目是《中国评论界的索尔仁尼琴》。我的发言分两部分。一是介绍索尔仁尼琴作品在中国的译介情况；二是介绍索尔仁尼琴创作在中国的研究现状。

发言之前，我先提了一下 1996 年 6 月在莫斯科举办的"陀思妥耶夫斯基国际学术研讨会"开幕前我与索尔仁尼琴曾有过的那次短暂会面，并且提到因我的照相机出问题而没有把我俩合影留下来的憾事。

我的发言受到与会者的热烈欢迎，可规定的时间不够用，大会主席 H. 斯特卢威征得与会者同意还破例将我的发言时间延长 10 多分钟。这并非说我的报告有什么特殊之处，而是表明他们对中国的俄罗斯文学研究，尤其是中国学者对索尔仁尼琴创

索尔仁尼琴夫人娜塔丽亚、斯特卢威和我

作研究感兴趣。发言结束后，许多代表纷纷举手，提出 10 多个问题，我一一作了回答。

茶歇时，我与索尔仁尼琴的夫人娜塔丽亚·索尔仁尼琴娜和俄罗斯侨民作家兼出版家 H. 斯特卢威友好交谈，回忆起我与索尔仁尼琴在 1996 年莫斯科大学主办的陀思妥耶夫斯基学术研讨会上的短暂会面。我们的谈兴正浓，突然有一个人走过来并且插入我们的交谈。他自报家门，说他是来自加里宁格勒大学的学者，叫 Π. 福金。他说他也参加了 1996 年 6 月在莫斯科举办的"陀思妥耶夫斯基国际学术研讨会"，还是开幕前我与索尔仁尼琴进行短暂会面的见证人，他当时用摄像机摄下了我与索尔仁尼琴谈话的珍贵镜头。

我万万没有料到，我与索尔仁尼琴合影照在 8 年后有一个失而复得的机会，我十分高兴和激动，我问福金是否还保留着那盘录像带，当得到肯定的回答后，我请福金为我复制一盘，他愉快地答应了。由于会议结束后我很快就回了国，所以我托付在莫斯科大学进修的一位友人办这件事。说真的，我对此并不抱多大希望，因为有些俄罗斯人说话不算数……但令我感到欣慰的是，我的那位友人进修结束从莫斯科归来，把福金寄给他的录像带交给了我。我感到十分高兴。如今这个录像带作为珍贵的纪念品收藏在我家中。

我与索尔仁尼琴的短暂见面已经过去 15 年，这件事情对于我来说不但至今难忘，而且还令我感到十分温馨。

（2010 年 10 月 18 日）

难忘的友情
——我与俄罗斯作家拉斯普京的交往 ①

　　20 世纪 70 年代末，拉斯普京的中篇小说《活着，可要记住》深深地打动了我，让我对这位来自西伯利亚的俄罗斯作家刮目相看。此后，我密切跟踪他的每一部新作，并产生了研究他的文学创作的愿望。

　　我曾为三部《俄罗斯文学史》教材撰写了拉斯普京专章，写过评论他的创作的论文，首译了他的小说《下葬》②，编译了《拉斯普京作品精选集》一书，还给研究生开过拉斯普京创作的专题课……拉斯普京在 2002 年曾托人把自己最新出版的两卷集签名后赠给我。但是，直到 2003 年 12 月以前我与拉斯普京尚未谋面，因此，与这位著名的俄罗斯作家见面是我久藏心中的一个愿望。

---

① 这篇文章曾经发表在《俄罗斯文艺》上。——作者

② 1995 年年底，我在俄罗斯文学杂志《我们同时代人》（1995 年第 8 期）上发现了拉斯普京的新作《下葬》，这是拉斯普京在苏联解体后创作的第一部小说。小说开始的一段就把我吸引住了，女主人公马舒达的悲剧命运牵动着我，我一口气把小说读完。凭着多年的阅读经验，我认为这是拉斯普京创作的一个"划时代"作品，因此决定将之译出介绍给中国读者。小说译完后，我把译稿投给《世界文学》杂志，不久就去俄罗斯高访了。
　　1996 年十月的一天，我去《我们同时代人》杂志社采访该刊副主编 A. 卡金采夫。当我们谈到拉斯普京的新作《下葬》时，卡金采夫高兴地告诉我，说这篇小说手稿是拉斯普京亲自送到他手中的。他连夜读完后，在编辑部讨论发稿会议上建议立即在《我们同时代人》杂志上发表。卡金采夫还欣喜地告诉我，拉斯普京在上周因短篇小说《下葬》获得了首届"莫斯科—彭内"国际文学大奖（1996 年）。拉斯普京这次是经过了激烈的竞争最后才成为该奖项得主的。卡金采夫认为拉斯普京获奖在情理之中，因为《下葬》不但是 90 年代以来俄罗斯文学的一个杰作，而且标志着"一个新的拉斯普京出现了！"我听后窃喜，于是顺便告诉了他《下葬》已经译成中文并且不久就会刊登在中国的《世界文学》杂志上。卡金采夫十分高兴，并称赞了我的文学鉴赏力。说实在的，我对他的赞扬感到汗颜，因为我翻译《下葬》的时候，并不知道这篇小说会获得国际文学大奖，而是出于对拉斯普京作品的喜爱……

俄罗斯作家拉斯普京

　　我与拉斯普京第一次见面是 2003 年 12 月 18 日在莫斯科举办的 "A. 索尔仁尼琴：艺术创作诸问题" 国际学术研讨会上。但第一次见面后，我俩见面的频率很高，也许这是一种缘分。

　　拉斯普京和我的发言都被安排在大会第一天下午发言的板块里，拉斯普京发言在我之前。他的发言题目是《30 年之后》（指 20 世纪 70 年代初索尔仁尼琴发表政论文）。他在发言中指出，政论文这种文学体裁有很强的时效性，但索尔仁尼琴在 37 年前 (即他被驱逐出苏联之前) 撰写的政论文至今依然保持着很强的时效性和生命力，这就是索尔仁尼琴的政论文的力量所在。拉斯普京还认为，索尔仁尼琴的政论文回答了 19 世纪俄罗斯文学提出的、可至今依然困扰着俄罗斯社会的一些问题。索尔仁尼琴的回答很简单，一是 "自我克制"，二是 "不要靠谎言生活"。拉斯普京在发言中列举出当今在俄罗斯和世界上存在的种种邪恶，这就是一些人缺乏自我克制，靠谎言生活的结果。因此他呼吁人们要牢记索尔仁尼琴的教导，回到人类生活的理性和真理的轨道。

　　茶歇时，我主动走到拉斯普京跟前，这是我们的第一次见面。我们互相问候之后，就像老朋友一样攀谈起来。我告诉 1995 年以来他创作的中短篇小说已被译成中文即将出版，他听后十分高兴并感谢我们所做的工作。当我对他的新作《伊凡的女儿，伊凡的母亲》问世表示祝贺时，他客气地说："先别说什么祝贺，还是看我的作品后再说。"拉斯普京的这种谦虚和低调作风给我留下很深的印象。

　　"A. 索尔仁尼琴：艺术创作诸问题" 国际学术研讨会结束没几天，我又与拉斯普京见了面，这是我们的第二次见面。那天，俄罗斯作家协会主办了一次圆桌会议，专门讨论拉斯普京的新作《伊凡的女儿，伊凡的母亲》。我在俄罗斯作家协会大楼的门口第二次见到了拉斯普京。

拉斯普京作为圆桌会议的议题人，没有坐在主席台中央或者比较显眼的位置，而在主席台最边的地方，我想这很可能是拉斯普京自己要这样的，再一次显示出他一贯的谦虚和低调的做人风格。那次圆桌会议对拉斯普京的小说《伊凡的女儿，伊凡的母亲》的讨论十分热烈，爱国派著名评论家 B·邦达连柯、K·科克舍尼奥娃、A·沃龙佐夫、A·肖洛霍夫等都参加了讨论，高度评价了拉斯普京的新作。

第三次见面是在拉斯普京的莫斯科寓所。到拉斯普京的寓所拜见他也是我的夙愿。在 2003 年 3 月我曾有过一次机会。那次我随北大副校长出访俄罗斯，到莫斯科后与拉斯普京通了电话，他邀请我去他家做客，但我公务繁忙，婉言谢绝了他的邀请，也错过一次到他寓所的良机。2005 年 1 月，我随北京大学校长许智宏出访俄罗斯，参加莫斯科大学建校 250 周年庆典活动。庆典结束后，我在 29 日晚与拉斯普京通电话，问候他的近况如何。因为去年（2004 年）年末他本来打算来北京参加 "21 世纪年度最佳外国小说" 的颁奖仪式，但不慎摔了一跤，断了肋骨又伤了脾。因此，他的中国之行只好作罢。这次我本来想在电话里问候一下他的身体情况，但他却热情地请我去他家做客，我当然喜出望外。因为我第二天晚上就要乘飞机回国，因此约好第二天上午去他家。

第二天早晨，寒风凛冽，大雪飘飘，地上的积雪有一尺多深。我们头顶雪花，脚踏积雪，向位于阿尔巴特步行街后面的拉斯普京的寓所走去。

拉斯普京在楼门口迎接我们。之后，他与夫人斯维特兰娜[①]热情地把我们让进了会客室。谈话伊始，拉斯普京就问我可以在他家待多长时间，因为他知道我今天要回国，时间很紧，怕影响我下面的活动。我说能待一个小时左右，（结果待了两个小时之多）。看来，他是按照我们的时间安排接待的。当他知道我们是来参加莫斯科大学建立 250 周年校庆活动的时候，他说这种校庆活动值得搞，因为莫斯科大学是俄罗斯教育的一面旗帜，他认为莫斯科大学校长萨多夫尼奇是好样的，在俄罗斯如今这样艰难的情况下，他抓教育并帮助莫大度过了许多难关。他强调说，一个国家应当抓好两件事情，一个是教育，另一个是经济。遗憾的是，俄罗斯如今的经济完蛋了……

之后，他请我们到餐厅喝茶。俄罗斯人喝茶一般要配茶点，但我觉得这次茶点有点复杂化。桌上摆的东西很丰盛，除了伊尔库茨克薄饼外，还有贝加尔湖的鱼、香肠、黄油、沙拉和黑白面包，等等。因此这不是茶点，简直就是一顿正餐。拉斯普京告诉我们，他妻子斯维特兰娜打早就起了床，本打算去商店采买东西，但外面积雪太深，

---

① 斯维特兰娜·伊凡诺夫娜·拉斯普京娜（1940—2012）是西伯利亚著名作家伊凡·莫尔恰诺夫的女儿，于 2012 年病逝。

在拉斯普京的莫斯科家里做客

无法出门，因此她只好烙出一大摞家乡伊尔库茨克的薄饼招待，我们感到了拉斯普京夫妇的好客和对我们这次来访的重视。

拉斯普京的夫人斯维特兰娜快 70 岁的人了，但眉清目秀，风韵犹存，还保持着年轻妇女的身材，这在上年纪的俄罗斯女性中实属罕见。斯维特兰娜说自己与拉斯普京今年结婚已 44 年了，这时拉斯普京幽默风趣地插了一句："我觉得好像已有144 年了！"这一句话让人感到拉斯普京的幽默，也感觉到他们夫妻相濡以沫的感情。

拉斯普京家的客厅没有什么家具，同样体现出拉斯普京一家人朴实、简易的生活风格。客厅里最显眼的是一架特大的管风琴，谱架上还摆着一沓乐谱，看得出管风琴不是闲置的摆设。我去过许多俄罗斯人的家庭，他们家里一般都有一两件乐器，其中以钢琴为多，但在俄罗斯人家中看到管风琴还是第一次。因此我好奇地问了这件乐器的情况。原来，这是他女儿玛利亚[1]的乐器，女儿在柴可夫斯基音乐学院任教。拉斯普京特意介绍这是件手工制品，由彼得堡乐器师 П.齐普林为玛利亚专门制作的。拉斯普京特意让我看了管风琴的编号（32 号）。看着这个乐器，我脑海中不由想起我 1989 年在莫斯科，第一次到"苏维埃之翼"俱乐部听一位著名管风琴大师演奏巴赫管风琴作品的情景：那是一段多么美妙、动人的音乐！大厅里坐满听众，没有丝毫的喧哗，仿佛整个空间都充溢着优美的和声……

拉斯普京的书房也十分简朴。有一堵墙全是书柜，里面摆满了各种精装书。侧面墙上有一张照片，背景是俄罗斯的北海，拉斯普京坐在小船的船头，目光深邃地望着远方，很有一番意境。墙上还挂着一幅画，上面画着拉斯普京在伊尔库茨克郊外早年建成的一座木舍，拉斯普京说他 70 年代的许多作品就是在那座木屋里写成的。

---

① 玛利亚·拉斯普京娜（1971—2006），管风琴家。死于 2006 年 7 月 9 日的空难。女儿死后，拉斯普京把这架管风琴赠给伊尔库茨克，作为对女儿的纪念。

与拉斯普京在索尔仁尼琴文学奖颁奖会议上

拉斯普京对那座木屋的感情很深，因此请一位画家把它画下来挂在书房，作为对故居的怀念和那个时期创作的回忆。书桌上摆着一尊基督像和圣母像，这就不难理解拉斯普京的创作思想和作品里的东正教成分了。基督像和圣母像前面是一台笔记本电脑，但他说这台电脑只当作打字机用，其他功能他一概不会。看着他那个小小的笔记本电脑，我暗自说真应当感谢它，但愿作家用它的键盘敲出更多的杰作！

谈话中间，俄罗斯作家协会外联处处长奥列格说，任光宣教授是"21世纪年度最佳外国小说"评奖委员会的评委，并且请我介绍一下评奖情况。我简短地介绍了评奖程序并对他不能来北京参加授奖仪式深表遗憾。拉斯普京感谢评委会对他这部新作的厚爱。之后，他提高声音说，中国是到目前为止翻译这部小说唯一的国家，只是中国给小说《伊凡的女儿，伊凡的母亲》授奖后，俄罗斯的电视台、电台、各大报纸（"包括自由派报纸《莫斯科共青团员》"）才开始报道、评介《伊凡的女儿，伊凡的母亲》，因此拉斯普京说，在某种程度上是中国让俄罗斯知道了我的这部小说。

小说《伊凡的女儿，伊凡的母亲》在中国获奖一事引起了拉斯普京的谈兴，他的话多了起来。他说去年夏天他去雅典做了为期4天的旅行，参观教堂给他留下了深刻的印象。他目前正把自己的观感写出来。此外，他还想重游几位已故好朋友 B.阿斯塔菲耶夫、H.诺索夫、和 B.舒克申等人的家乡，他称之为"告别之游"，等到明年春暖花开就要启程。他打算边走边写回忆文章，缅怀自己的老友，否则怕时间隔得太长，忘掉自己与他们交往的细节。

拉斯普京说，人各有志，不能强求，他可以理解作家阿斯塔菲耶夫晚年去到另一个阵营，成为自由化的支持者，但他不能容忍阿斯塔菲耶夫把脏话和骂人话搬进小说《该诅咒和该杀的》中。他说，在生活中说几句脏话是容许的，但是绝不能用脏话玷污文学作品，因为文学是神圣的。他认为在这点上舒克申做得很好，舒克申在日常生活中很能说脏话，阿斯塔菲耶夫比不上他，但舒克申的作品却很干净，这

拉斯普京在会议上发言

表明一个作家要有良心。

　　后来，我们就俄罗斯文学的现状、俄罗斯文坛两大派的论争、俄罗斯文学以及俄罗斯国家的前景等问题交换了看法，从拉斯普京对这些问题的看法来看，他对俄罗斯文学的未来充满了忧虑，对俄罗斯国家的前景十分担忧，我知道这是他在近十几年的一贯观点，恐怕也是造成他这些年来内心痛苦和郁闷的原因。

　　最近一次我见到拉斯普京是在北京，在 2006 年 5 月 22 日在北京召开的"中俄作家论坛"上。俄罗斯作家协会主席 B. 加尼切夫率领一个由 10 多位俄罗斯作家和评论家组成的代表团访问中国，拉斯普京是代表团成员之一。他在会议上发言，对人民文学出版社表示迟到的感谢，他的发言结束后，人民文学出版社社长把一大束红色鲜花献给他。拉斯普京接过献花幽默地说，自己是男人，但也是爱花的，尽管很少有人给他献花。他还说这是他一生中收到的最大一束鲜花，恐怕也是最后的一束，因为他自己觉得来日无多了。这席话说得虽然很伤感，但这是他的真话。

　　在这次"中俄作家论坛"上，俄罗斯作家协会主席 B. 加尼切夫宣布我为俄罗斯作家协会荣誉会员，茶歇时他向我祝贺并与我合影留念，这是我与他在中国的第一张合影。

　　第二天，在俄罗斯大使馆隆重举行俄罗斯首届高尔基奖颁奖仪式，我和高莽、张建华被授予马克西姆·高尔基奖，表彰我们为研究、翻译和普及俄罗斯文学所做的工作。会后，拉斯普京又像昨天一样走到我跟前，对我获奖表示祝贺，一个享誉世界的俄罗斯作家向我表示祝贺，这令我十分感动。有意思的是，我俩光顾说话，其他俄罗斯作家和与会的中国人都已离开使馆大厅，所以我俩几乎是最后走出使馆的，分手时我祝他在中国的访问成功，并且祝他取得更大的创作成就，他建议我下次去俄罗斯别老待在莫斯科，希望有机会去他的故乡伊尔库茨克做客……

（2010 年 10 月 18 日）

拜访俄罗斯文学评论家伊·佐洛图斯基

读研究生的时候，我就知道俄罗斯著名文学评论家、果戈理专家 И.П.佐洛图斯基的大名。20 世纪 80 年代初，他的《果戈理传》（1979）在中国曾被译成中文出版，我撰写《俄国文学与宗教》一书和有关果戈理创作的一系列论文中，曾借鉴过他的材料，并且受到他的一些思想启发。

我第一次见到佐洛图斯基是 2003 年在 "A.索尔仁尼琴：艺术创作诸问题"国际学术研讨会上。佐洛图茨基做了题为《亚历山大·索尔仁尼琴与 H.果戈理的 "与友人书简选"》的发言，他把索尔仁尼琴与果戈理的创作进行比较，认为两位作家都具有预言的本领。此外，他还认为基督教是这两位作家的共同信仰，尽管这种信仰在两位作家的创作中表现不同。但是，佐洛图斯基把相隔一个多世纪的两位俄罗斯作家的创作进行比较，引起了与会专家学者的极大兴趣。我当时目睹了这位评论家在讲坛上的风采。他的个头不高，长着一副苏格拉底式的前额，留着山羊胡子，说话时经常蹙眉，脸上不时露出善良的微笑。他的声音洪亮，一口标准的俄语，显示出他曾当过俄罗斯文学教师的功底。

茶歇时，我、索尔仁尼琴的夫人娜塔丽娅·安德烈耶夫娜和作家 B.拉斯普京聊天的时候，佐洛图斯基也加入我们的谈话中。我告诉他，他的著作《果戈理传》在中国早已翻译出版，可他对此事并不知道，但希望能够得到一本《果戈理传》的中译本。我当时没有应承。因为我既不是出版社，也不是译者，但我认为佐洛图斯基的要求合理，我只说我回国后向有关人士询问一下。茶歇结束，我向佐洛图斯基索取名片，他抱歉说自己没带名片，于是他接过我的记事本，工整地写下了 "伊戈尔·彼得罗维奇·佐洛图斯基"并且留下了自己的电话。仅此而已，没有写工作单位，更没有写家庭住址。我当时想，他这么随便，也许是对我的一种搪塞吧。

俄罗斯著名文学评论家佐洛图斯基　　　　　　　　　　　　在佐洛图斯基的书房

　　佐洛图斯基在那次国际学术研讨会发言后当天就离开了，一直到会议结束我再也没有见到他。此后，我在 2005 年虽然去过莫斯科，但由于是随团出访，没有时间去拜访他。

　　2007 年夏，我应俄罗斯作家协会的邀请去了莫斯科。这次去莫斯科时间也很不凑巧，正好赶上俄罗斯的休假季节。我想见的一些作家、评论家均不在莫斯科。就连一直想请我去做客的俄罗斯作家协会第一书记 C.瓦西连科也在我到莫斯科的第二天去了伏尔加格勒。但是，也许是上帝的意旨，有一天晚上我在寓所突然发现记事本上有 4 年前佐洛图斯基留给我的电话。我拨电话想碰碰运气，谁知对方回答的竟是我所熟悉的声音，我赶快问佐洛图斯基是否还记得我，4 年前在 "A.索尔仁尼琴：艺术创作诸问题" 国际学术研讨会上发言的那位中国代表。佐洛图斯基很快就说："记得，记得。您是那次会议来自东方的唯一的代表，并且作了一个很好的发言。"随后，我表示了我想拜访他的愿望，他当下就答应了，并且约好周六下午 4 点在莫斯科郊外 "别列杰尔金诺" 作家村，在他的别墅见面。

　　星期六下午 2 点，我请我在莫斯科的一个友人开车，从列宁大街我居住的中央旅游大厦出发，沿着大环向莫扎伊斯克方向行驶。之前，尽管我的朋友做了细致的案头工作，还搞了卫星定位，但由于路不熟，沿着大环开了一圈后又回到列宁大街

别列杰尔金诺

上。我们并不罢休，又开始新的一轮寻找。其实，路走对了，作家村离大环并不远，我们很快就到了别列杰尔金诺。俄罗斯作家的这个别墅区坐落在莫斯科郊外的一片密林中，环境幽静，空气清新，确实是作家创作的好地方。许多著名作家，如，Р.帕斯捷尔纳克、А.绥拉菲莫维奇、Л.列昂诺夫、И.巴别尔、И.爱伦堡、Б.皮利尼亚克、К.费定、К.丘科夫斯基、В.卡达耶夫、А.法捷耶夫和К.西蒙诺夫等人都曾经住在那里写作。

在别列杰尔金诺，作家的别墅与别墅之间相距甚远，且门牌号码很不醒目，因此我们在那里又转悠了近半个小时，边走边问，好不容易才找到了佐洛图斯基的别墅——格列尼奥夫大街1号。其实，我们15分钟前就找到了格列尼奥夫大街3号，真想不到在3号与1号之间还要费去一刻钟。

好在我们终于在约定的4点钟找到了他的家。那是一个木质的二层别墅。佐洛图茨基住在二层。一层住的是一位96岁的苏联英雄、卫国战争时期的苏军飞行员①。我们登上二层，开门的是一位年轻女子，我确定不了这位女士的身份，因此不敢贸然送花，当问罢佐洛图斯基，确定了她就是佐洛图斯基的妻子后，才把买的红玫瑰花送给她，她很高兴。我没有过多的寒暄，便开始了与佐洛图斯基的访谈。

我们的谈话的内容很广，涉及的作家也相当多。佐洛图茨基不愧是大牌俄罗斯文学评论家，他是果戈理研究专家，因此无需多讲他对果戈理研究的高度和深度。他还对普希金、丘特切夫、陀思妥耶夫斯基和列斯科夫等19世纪俄罗斯诗人作家的创作也有不少真知灼见，令我佩服。此外，他与俄罗斯当代作家 A.索尔仁尼琴、E.叶甫图申科、B.沃伊诺维奇等人有过直接的交往和接触，向我介绍了他们在文学上观点的殊同。总之，这次访谈令我受益匪浅，这对我的俄罗斯文学研究很有启发（我回国后把这次访谈整理出来在刊物上发表了）。

谈话结束时，佐洛图斯基拿出他的两本新作。一本是《从格里鲍耶多夫到索尔仁尼琴》（2006），另一本是《果戈理的笑》（2005）。前一本书他慷慨地赠给了我：

> 赠尊敬的任光宣
>
> 别列杰尔金诺留念
>
> 　　　　　　　　　伊戈尔·佐洛图斯基
>
> 　　　　　　　　　2007 年 8 月

佐洛图斯基在向我展示他的第二本书时问我，您能否在中国翻译出版我的这本书，我对这点没有把握，一则在中国出版学术著作十分困难，二则我如今正在搞教育部的一个重大项目，根本没有时间翻译，因此我不能为了要他的这本赠书说谎。佐洛图斯基看出我的犹豫，于是说："如果您没有把握在中国翻译出版这本书的话，我就不送您了，因为我这本书所剩无几。"

将近两个小时谈话结束后，他的妻子请我们喝茶，并亲自烙饼款待我们。之后，我们合影留念就告别了，离开他的那座坐落在一片绿荫丛中的别墅。

（2007 年 9 月 10 日）

---

① 佐洛图斯基在一篇随笔中写道："在一层响起了琴声。这是我的别墅邻居瓦西里·鲍里索维奇·叶缅里扬年柯在弹钢琴。他是一位轰炸机飞行员，苏联英雄，已 90 多岁了。我感到幸福的是我与他住在同一座别墅里。我们的别墅——就我们两个人住。我们过着各自的生活，与此同时又生活在同一个轨道里。尽管我们的年龄有差异，但我们是同一时代的人，他所记得的一切我几乎都记得。当然，前线的战事除外。"

一次温馨的会面

2011年1月11日，我在索尔仁尼琴基金会拜见了俄罗斯著名作家、诺贝尔文学奖得主索尔仁尼琴的夫人娜塔丽亚·德米特里耶夫娜·索尔仁尼琴娜和著名的文学史家和传记史家、《索尔仁尼琴传》的作者柳德米拉·伊凡诺夫娜·萨拉斯金娜。

索尔仁尼琴娜是俄罗斯著名的社会活动家、索尔仁尼琴的亲密战友和助手，索尔仁尼琴基金会主席和《索尔仁尼琴文集》（30卷集，2007年）的主编。

我1996年就见过索尔仁尼琴娜，后来又在2003年在莫斯科举办的索尔仁尼琴创作的国际研讨会上多次见到她。昨天，我们之间进行了一个多小时温馨而友好的交谈。

索尔仁尼琴娜还记得我们前两次见面的情况。她一见面就对萨拉斯金娜说，我们早就认识并且知道我在翻译萨拉斯金娜的《索尔仁尼琴传》，因此我们的谈话就从翻译这本传记开始了。

她询问了这本书翻译的进程情况，并且问有什么问题。我告诉索尔仁尼琴娜，翻译这本书难度最大的是传记中引用的索尔仁尼琴的诗作《小路》片段。索尔仁尼琴娜听后说，索尔仁尼琴的诗作确实难译，此外，不熟悉俄罗斯的文化语境也是造成翻译困难的原因。我认为她说得很对。索尔仁尼琴娜希望在2011年12月索尔仁尼琴诞辰纪念日看到这部传记的中文版问世，我说我会尽量努力，争取让她的这个希望变成现实。

随后，我们的谈话转到学中文的事情。索尔仁尼琴娜也像1996年索尔仁尼琴见到我那次一样，很快也提到自己的大儿子叶尔莫莱是学中文的，并且是美国哈佛大学的毕业生。1994年，当索尔仁尼琴从美国佛蒙特州回国，叶尔莫莱专程从台湾到海参崴去迎接父母。

索尔仁尼琴娜还讲到一件有趣的事情。叶尔莫莱在20世纪90年代初，曾独自去中国的西藏旅游了2个多月，考察西藏人的生活和民俗民情，照了许多照片。但是，有一天他发现自己的全部证件和钱都丢了。后来，他在俄罗斯驻华大使馆外交官的帮助下才

在索尔仁尼琴的书房

告别合影

回到了美国。

　　索尔仁尼琴娜还告诉我，她正在收集中国出版的索尔仁尼琴的作品，并说等她收集好之后，请我给她简要讲讲出版索尔仁尼琴作品的每个出版社和译者的情况。我说这件事情不难，他的儿子叶尔莫莱就可以做。但她说儿子的汉语口语还可以，但文字上还有所欠缺。我愉快地答应帮助她并且补充说，索尔仁尼琴的《红轮》有3部已经译成中文出版，她谦虚地说："请带我买一套。"

　　我这次拜访索尔仁尼琴娜，顺便把高莽先生新出版的一本画册带给了她。去年12月，我回国开会后拜访了高莽老师，高莽赠给我一本他新出版的画册《高莽的画》，并且提出来让我把一本带到莫斯科赠给索尔仁尼琴娜，因为画册中有他画的一幅索尔仁尼琴肖像。索尔仁尼琴娜首先对高莽的赠书表示感谢，但一看索尔仁尼琴的肖像她就笑了，随后说："这不像萨尼亚，而像位俄罗斯小伙子！"之后，她转过身对我说："您见过索尔仁尼琴，他很瘦，到晚年更是如此。她边说便拿出一本刚出的杂志《ФОМА》，指着封面她与索尔仁尼琴的一张合影说：'亚历山大·伊萨耶维奇是这样的。'"不过，她说高莽画的索尔仁尼琴的脸与本人有许多相似之处。说完后，索尔仁尼琴娜把那本《ФОМА》杂志赠给我，希望我看看上面刊登的一篇访谈，名字叫《为什么中学生要读〈古拉格群岛〉》，那是去年俄罗斯中学把索尔仁尼琴的长篇小说《古拉格群岛》的缩写本纳入中学文学课大纲后，她接受记者的一次访谈。

　　昨天，除《ФОМА》杂志外，索尔仁尼琴娜还把索尔仁尼琴生前亲自录制的5个光盘赠给我，又把一本《古拉格群岛》缩写本也送给我，扉页上题词是："赠任光宣，以缅怀作者。娜塔丽娅·索尔仁尼琴娜。"在写落款日期时她说："2011年1月11日，这个日子不错，有5个1。"她不愧是莫斯科大学数理系的毕业生，对数字总有一种特殊的敏感。

　　我把这些礼物捧在手中，对索尔仁尼琴娜的赠书和光盘表示感谢，并开玩笑地说："我今天大丰收了！"

（2011年1月11日）

大型文献系列片《文化——就是命运》的截屏镜头

那部系列片的录像带已经找到，并已经为我复制好了一份光盘，让我第二天在我居住的地铁站口附近去取。我高兴极了！这才真叫"踏破铁鞋无觅处，得来全不费工夫"。拿回家后我立刻在电脑上看了节目，总共 12 集，在其中的 6 集里有我"登台表演"。康恰洛夫斯基不愧是大碗，节目的策划和创意相当好，内外景的拍摄和制作精准完美，影片的思想立意也很高，探索世界各民族文化的差异，具有很深的文化内涵和观赏价值。我看完全部 12 集后，感悟到了康恰洛夫斯基的系列片"文化——就是命运"片名的涵义。

安德烈·康恰洛夫斯基是俄罗斯名人之后，他的外曾祖父是 19 世纪著名的历史画家 B.苏里科夫，祖父是著名画家康恰洛夫斯基，父亲是儿童文学家和诗人 C.米哈伊洛夫，母亲是诗人 H.康恰洛夫斯卡娅。就连他的同辈也是名人，姐夫是著名的军事题材小说家 Ю.谢苗诺夫，弟弟是大名鼎鼎的电影导演 H.米哈尔科夫……总之，这是一个名人荟萃的世家！

安德烈·康恰洛夫斯基 1965 年毕业于莫斯科电影学院，师从著名导演罗姆，他曾经主演过 4 部影片，参演过若干影片。他还是电影剧本作家，他的第一个电影剧本排成了影片《首领的末日》。1980 年，康恰洛夫斯基获得苏联人民演员称号，之后去美国好莱坞发展，90 年代初回到俄罗斯，2005 年成立了"A.康恰洛夫斯基电视制作中心"，与俄罗斯的 HTB、PTP、俄罗斯中央电视台文化频道合作，制作了大量的电视系列片。

值此康恰洛夫斯基的 75 周年诞辰之际，我遥祝他生日快乐，健康幸福！衷心希望他把更多的电影和电视佳作奉献给广大的俄罗斯观众和世界各国观众。

（2012 年 8 月 22 日）

210

在俄罗斯后现代派作家索罗金的伏努科沃别墅

上月（2012 年 3 月）中旬，俄罗斯作家弗拉基米尔·索罗金在"普希金咖啡店"与我告别时，邀请我去他的莫斯科郊外别墅做客，以继续我们的文学对话，并与他在乒乓球台上一决高低。我以为是戏言，未想到他言而有信，他 3 号刚从丹麦归来，就写信再次邀请我和妻子去他的别墅，于是昨天我应邀前往。

索罗金的别墅位于莫斯科南郊的符努科夫。这个地方距莫斯科城区约 30 公里，我们开车沿着基辅大道一直下去，再走不远就是。由于我们第一次去，因此在预定时间前一小时就到了。为了不因我们早到而让主人为难，我们便停下车来观看路旁的教堂并摄影留念。

晚 7 点，他和夫人伊琳娜已在门口等候我们。他的别墅是一座三层的木质建筑，坐落在一片密林之中。别墅的院子不是很大，但收拾得井井有条，看得出这家主人的生活态度和情趣。

进屋后，索罗金首先领我们参观了他的书房。他的书房在二楼，大约有 40 多平方米，很宽敞，中间摆着一张书桌，那是他写作的地方，三面墙摆满了书架，陈列着各种书籍，有一组书架专门摆着他自己在各个年代出版的小说，其中也有刚刚出版的《暴风雪》。他说，《暴风雪》一作就是在这间书房里诞生的，写这个小说用了大约 3 个月的时间。他喜欢从容地写作，从不赶什么时间。他去年告诉我，他的作品在世界各国已有 22 种语言的译本，但深感遗憾的是，尚未有中文译本。我告诉他，今年年底他的《暴风雪》中文本就会问世，而且将由中国权威的出版社——人民文学出版社出版。

索罗金一向重视自己小说的翻译质量。他为自己的第一部小说《形式》的法文本深感不满，因为法文女译者译得很糟糕，那是她的一次翻译习作。他还提到女作

在索罗金的书房

家 T.托尔斯泰娅在飞机上讲给他的一件事：那次他与托尔斯泰娅一起去美国，后者告诉他不久前在美国出版了一本《托尔斯泰娅短篇小说集》，她发现书中仅翻译的词义错误就有 100 多处，真让人无法容忍。索罗金的这席话仿佛在给我们中译者敲边鼓，那就是在把他的《暴风雪》译成中文时不要出现类似的问题。他还一再让我转告译者，要用 19 世纪末的语言去翻译《暴风雪》，这样才能正确地再现那个时代的氛围。此外，他准备回答译者的任何问题，希望译者不要怕麻烦他。

参观完他的书房，我们登上了三楼，这是他的活动室。那里摆着一副乒乓球台。因为我们有约在先，所以我是有备而来，离家前就把球拍放在书包里了。练球数分钟后，我便与索罗金开始"比赛"。11 分制，打了三局。我是直握，他是横握。显然他对我的长胶和左手握拍很不适应，因此我以 3 比 0 轻取他。三局下来我并不觉得怎么，可他已是大汗淋漓。赛后他对我说他要是减轻体重 15 公斤就会打得更好些。下楼后，他对妻子说："俄罗斯人与中国人赛乒乓球，根本没有获胜的希望。"

俄罗斯文学是我们谈话的主要内容。索罗金认为文学应有自己的发展规律，不应当成为政治的附庸；文学应当远离政治，更不能跟着政治跑。我认为此言有理。

我们还谈到俄罗斯文学在中国的译介情况。索罗金很关心有哪些俄罗斯作家的作品在中国得到翻译。我告诉他，在 19 世纪的作家中，普希金、托尔斯泰、陀思妥耶夫斯基、屠格涅夫等人的作品在中国的译本最多。在 20 世纪的作家中间，大概要

乒乓球台一决高低

数高尔基了。此外，许多苏维埃时代的作家、当代俄罗斯作家和诗人的作品也译成了中文，我列举了许多作家的名字。他听后开玩笑地说，所有俄罗斯作家的作品都译成了中文，唯独没有索罗金。我说，但愿今年中国读者能够见到他的小说《暴风雪》的中文版。

我很感兴趣他的《暴风雪》的故事情节，我问他是否受到了俄罗斯旅行记小说的影响。索罗金说，这本小说情节是受爷爷讲的一个真实故事的启发。从 5 岁起，每年夏天他都要去卡卢加州乡下爷爷那里。爷爷是位林业工人，生于 1885 年，死于 1978 年，享年 93 岁。他为人生性幽默乐观，知道很多民间故事和传说并且讲给了他。在他很小的时候，爷爷还曾经给他讲过一个亲身经历的事情：有一次，他要去一个距自己村子只有 4 公里的邻村，但半路遇到了暴风雪，雪橇坏了，他迷了路，走了很久也没有到达目的地。这个故事在他幼小的心灵中留下了很深的印象。因此他一直想写一个关于人在路途遭遇暴风雪的故事。于是出现了《暴风雪》一作，也算是偿还了他的一个夙愿。

在各类艺术中，索罗金最推崇音乐。他本人不但会弹钢琴、吉他，而且还善于唱歌，是个不错的男中音。他认为，音乐是一种最好的艺术形式，其艺术表现力甚至胜过文学。对这点他虽然没有展开去谈，但他说的一句话很有分量。他说，每当看到文体不好的或者语言不美的文学作品，就像听到一段不和谐的旋律，甚至是噪音。

餐厅在一楼。索罗金在饭前点燃餐桌上的蜡烛，之后又把壁炉膛里放好的木材点燃，看来他想营造出一种 19 世纪的俄罗斯家庭的就餐气氛。索罗金夫妇给我们准备的晚餐很丰盛，有大马哈鱼和牡蛎汤、生鲑鱼片、丹麦生牛卷、斯特洛加诺夫牛肉、

与作家索罗金家人在一起

俄罗斯传统的酸白菜和酸黄瓜，等等。索罗金说平时他不下厨房，但他今天亲自下厨，为中国朋友做饭，而且席间在餐厅与厨房之间跑来跑去。当他把最后一道斯特洛加诺夫牛肉端给我们后，他坐在自己的位置上说，索罗金现在已完成了自己今天的厨师任务，其他菜肴则是他妻子伊拉来做了。他还强调说，今天餐桌上的生鲑鱼片、丹麦生牛卷和牡蛎是他4月2号从丹麦带回来的，怪不得我们吃起来感觉味道鲜美得很呢。

席间，当然要唱唱俄罗斯歌曲，索罗金颇有兴致地打开音响，播放俄罗斯著名的侨民歌唱家演唱的茨冈歌曲。

不知不觉3小时过去了。我们起身告别，临别时，索罗金把自己出版的《暴风雪》赠给我并题词：

赠亲爱的任光宣，相逢留念。

索罗金

2012年4月7日

之后，他在扉页上方用中文写了一个汉字"顺"，祝我万事顺利！

（2012年4月9日）

后记

　　自 2008 年起我长期在莫斯科工作，有机会深入地走进俄罗斯，身临其境地接触和了解俄罗斯文化的各种现象，我及时把自己的所见所闻写成博文，与广大博友分享。

　　没想到我的拙文受到了博友们的欢迎，有的博友认为我对俄罗斯文化现象的深度介绍让他们受益匪浅，就像给他们"上了一次生动的俄罗斯文化课"。有的博友留言，说我的博文为"俄罗斯文化的爱好者打开了一扇窗户"，还有的博友说在"这块'菜园子'里欣赏到俄罗斯艺术的许多精品"，希望我再多写一些文章，帮助他们更深层地了解俄罗斯文化。我深知这些话是对我的一种鼓励，希望我在自己的这块"菜园子"上好好地耕耘。

　　在一次友人聚会上，有位朋友认为我的博文写得真实，内容丰富，颇有"看点"，建议我把博文汇集成书。这个建议启发了我，也得到北京大学出版社的支持。于是，我把自己的几百篇博文进行了梳理，从中选出几十篇加以修改并配上图片，奉献给广大读者。

　　本书的照片大多数均为自己和友人屈海齐、刘旭和华迪拍摄的，故向他们几位表示感谢！有少量图片取自俄罗斯的网站，在此做一说明。在成书过程中，李冬晗女士认真审阅文章并提出不少宝贵意见，华迪女士也做了一些技术性工作，在此一并致谢。

任光宣